以自己喜欢的方式过一生

谭慧◎著

华龄出版社
HUALING PRESS

责任编辑：林欣雨
责任印制：李未圻
封面设计：颜　森

图书在版编目（CIP）数据

以自己喜欢的方式过一生 / 谭慧著. -- 北京：华龄出版社，2018.12
ISBN 978-7-5169-1309-3

Ⅰ.①以… Ⅱ.①谭… Ⅲ.①散文集－中国－当代 Ⅳ.①I267

中国版本图书馆CIP数据核字（2018）第247821号

书　　名：以自己喜欢的方式过一生
作　　者：谭慧　著

出 版 人：胡福君
出版发行：华龄出版社
地　　址：北京市东城区安定门外大街甲57号　邮编：100011
电　　话：58122254　传真：58122264
网　　址：http://www.hualingpress.com

印　　刷：三河市东兴印刷有限公司
版　　次：2019年8月第1版　2019年8月第1次印刷
开　　本：880×1230　1/32　印　　张：7
字　　数：170千字
定　　价：36.00元

（如出现印装质量问题，调换联系电话：010-82865588）

不负初心，不枉此生

晴朗的早晨，我在繁华的大街上，看一架飞机划过被建筑物割裂的天空，一闪而过。想起小时候，我幻想自己能飞，飞到遥远的地方去，在坚实的大地上，仰望自己的梦。

生活如既定程序，必须中断。非得去极远的地方，远到一切都像上辈子的事才行。那一年，我走了11个国家。

没有准备多久。出发时，我背着硕大的登山包，里面有我喜欢的一本书，看它滑上传送带，内心莫名平静。心里有愿望，然后去实现，这是我一直以来的生活方式。

飞往地球另一端的途中，窗外阴沉的天空里有大朵翻卷的云。

漫长的10小时过去，飞机降落在法兰克福——歌德的城池。故居玻璃门上是他的剪影，屋里有竖弦钢琴，丰富的书画，天文钟依然在走动。

几天后，海德堡一个小屋里，我拉开窗帘，已到中午。强烈的光瞬间汹涌而来，眼睛被日光刺痛，流出泪来。

教堂的尖顶耸入云端，桥下的小船穿过涟漪，曲折幽静的小巷连着城堡和内卡河。失恋的歌德在这里低吟，我把心遗失在海德堡。

登上古堡俯瞰一片中世纪风情，处处断壁残垣。那布满浮雕的爱神之门，是国王为心爱的女人一夜建成的。总对这样的建筑心存偏爱，那种爱的渴切，非她不可。

晚上到了慕尼黑，趁夜出街买酒，沾了一身雨。冷冷的夜里，举杯饮尽。哼着罗大佑的《追梦人》，想着自己老了。完蛋了，真的老了。

婉君发来两个字，婚了。

我看一眼回了恭喜。

你要看看当年我们的凄凄切切，天知道那时候，我们把结婚想成一件多么烟花烂漫的事。

两个17岁的女孩，在依稀的时光里走过。她们喜欢把单车骑得飞快，喜欢买甜腻的冰激凌坐在学校古榕树下边说边笑疯过去，喜欢交换日记，喜欢手牵手到沙角看风吹过江面翻起一层层浪，喜欢一起唱《一个女孩名叫婉君》。

裙裾飞扬，青春一去不返。

我们曾经都是那样倔强的女子。

踏上开往罗马的火车，窗外是大片绿色的农庄和幽静的乡间小木屋，有牛在田园吃草。斜对面的女孩枕在男友的手心上睡着了，脸上洋溢安静的微笑。我强忍睡意，提醒自己千万不要把头靠到身旁陌生男人的肩上去。

一下火车眼泪哗地冲出来，没有预兆。文艺复兴，巴洛克，小提琴之源，巴乔。心中圣地是如此摄人心魄。

站在古罗马斗兽场里，似乎仍能听到2000年前疯狂观众地动山摇的呐喊。我细细抚摸那些石块，将自己的手掌覆盖其上，仿佛与他们穿过时间与空间的重重迷雾相逢。

漫步街头，不规则的面包石在脚下层层叠叠，幽深小巷里藏着古老的咖啡馆，街角橱窗里尖下巴的面具露出金属质感的微笑。雕塑，壁画，远古，神话，时空交错，恍如隔世。

买个冰激凌，坐在《罗马假日》那个台阶上看来来往往的行人，背对许愿池许愿。意大利人说，必须有一个愿望是今生重返罗马，这样就代表你的愿望都能实现，你会回来还愿。

池边满是为爱而来的痴情人。清澈的池水中，各种硬币在阳光下闪闪发光。不远处有人在扮罗马士兵，穿一身青铜盔甲，挥舞长矛。

傍晚，我走进一家比萨店，点了意大利面和提拉米苏。一个人坐在靠窗的座位，看到暮色弥漫的巷口，有个男子经过水洼地，将怀中女子拎起来，又放回地面时，飞快吻了一下她的额头。我再次为爱情的奢侈轻轻微笑。

左手忽然有异样的温度，那是挥之不去的记忆。

结账时，年轻的男孩看着我将巨大的登山包甩到背上，露出惊异的表情。

从什么时候，我开始习惯一个人背着包，自己给自己付账的生活。走了很长的路，独立的时间太久，快感觉不到自己的脆弱。

登上圣母院钟楼遥想孤独的敲钟人和他爱的吉卜赛姑娘，进卢浮宫找寻世上最神秘的微笑，看凯旋门内终年不熄的火焰。顺着指路牌找了一路，来到勒玛莱老区孚日广场六号楼——雨果故居。广场四周围着蓝顶红砖的18世纪风格建筑，走廊上有卖艺人。一个妈妈带着两个小孩，站在门前给他们讲雨果的故事。

情侣牵手走过，鸽群振翅，场面简直比电影还魔幻。

把一张明信片塞进邮筒。路边的长椅无人陪伴，凉风掺着风琴声扑面而来，我大口咬着冰激凌。这个散发着落叶气息的黄昏，时光突然清凉起来，无比生动。

23岁的时候，和婉君一起去越南，那时她失恋。

下龙湾的海水在热风中荡漾，船身颠簸。她指着天上一弯很淡的痕迹，看，月亮，帮我拍一张月亮。我拿着她的相机，起伏的浪让我始终无法按下快门。海水与天相接，没有边界。城市远去，消失无踪，所见只有无边无际的海。

她突然抓紧我的手，“好了，不拍了。你快坐下。”

夜行的旅行巴士开足了冷气，快要冻疯，缩在卧铺的薄毯里瑟瑟睡去。

凌晨3点，我在她的抽泣声中醒来。她在黑暗中对我说，开始想他。

他温暖的手好像还在我的头发上。她深吸口气，眼泪安静地闪着光。

她终于决定离开他。那些年那些疯狂的痴缠的感情，像刀一般狠狠插在心间。心一片片碎裂，每一条裂缝都是生生地疼。

曾经半夜等在他家门，他从另一个女孩家里回来。她抓住他，发疯一样绝望地打他。他的血溅到她脸上。

他说，他宁愿跟一个平淡的女孩在一起。她带来的痛苦和快乐，他无法承受。

太过深刻的情感注定彼此折磨，唯一的结局只能是离开。

她轻轻抚摸着自己的头发。

那年她剪短了头发。她说，放下了，心也就静了。

车窗外，是慢慢亮起来的曙光。她睡着了，面色苍白。我看着她，擦掉她眼角的泪，然后闭上眼，脸贴在她的脖子上，听到她的心跳，均匀而平缓。

彼此安慰的灵魂。此外的所有，不再重要。

在旧金山转机，我独自置身陌生人群，灿烂的阳光穿过大幅玻璃，洒在我的脸上。飞机延误，我耐心翻起书。一个蓝眼珠的男人在用钢笔写明信片，是为了告别还是重逢？而我竟毫无牵挂。

穿越季节，来到马来沙巴，像重新回到我爱的炎夏。热带从来都由颜色定义，红的花、绿的树、白的云、蓝的海、喷发的岩浆，用尽一切关于灿烂的词语。

在海里浮潜。突如其来的暴雨直接而激烈，无路可逃，抬起头会觉得窒息。

高高的悬崖下，巨浪卷起白色泡沫，将沙滩吞噬殆尽。如果有人相信安徒生的童话，就会为这么多心碎的人鱼公主伤怀。

宁静的夜，能感觉到群山的鼻息，潮湿清凉，树木安静而热烈地生长，就像亨利·卢梭的画。秘境里，我一路过丛林，踏溪涧，看吃虫的猪笼草，还有幸见到世上最大的霸王花。花期9天，一见倾心。

流星划过，而心里一个愿望也没有，仿佛人间世事已经在这些天全部经历。

突然怀念起那个男人——阿尔蒂尔·兰波，他说：

我只有去旅行，才能驱散头脑中凝聚的魔力。

我热爱的大海仿佛能洗清我浑身的污垢——在海上，我看见欣慰的十字架冉冉升起。

我是被天上的彩虹罚下地狱，幸福曾是我的灾难、我的忏悔和我的蛆虫。

他守在爱人身边念足一百遍，彻底疯了。要么拥有一切，要么一无所有。爱或不爱，都如此决绝。

躺在床上闭着眼，听风的声音。

大海。除了大海还是大海。

在看得见月亮的夜里，听过海潮声的人，会知道那样的时刻多么不可重复。

很多回忆突然苏醒。

28岁那年，婉君来北京找我。

欢乐谷。太阳神车冲到云端，我们尖叫着笑出眼泪。

五道口螺蛳粉店。她说，慧，我们去加州卖螺蛳粉吧，我煮粉你收钱，10刀1碗，用不了多久就能在1号公路买下那套海景别墅。

宜家。她疯狂买了一堆好看的烛台和台灯，然后说完了完了行李箱塞不下怎么带回去。到门口，我们边吃1块钱的甜筒边笑疯过去，一如从前。

崇文门教堂。低下头那一瞬，听牧师读《圣经》里的句子，你必须忘记现在的苦楚，就算想起也如流过去的水。她久久望着牧师，不能转移视线，泪水满脸。

那年7月，北京下了61年来最大的一场暴雨。我买了小小的蛋糕去找她，说好久没陪她一起过生日了。她想了想，10年。我们毕业都10年了。一路上，满城积水盈尺，没过膝盖。伞没有用，雨水滂沱，从身边呼啸而过。她紧紧挽着我。

夜里，她跟我挤在出租屋窄窄的床上，疯狂恶补年少时光。从千年老龟到狒狒，从三七分带卷到隔壁班常禹，从语文课到录音磁带，从铁桥定情到地下铁奶茶，从橄榄树到哭过的天空。那些一段一段的情节，美丽的，忧伤的，青春张牙舞爪向我们扑来。

那么多年的岁月，见证了那一夜的白月光。年少时的朋友，彼此一路目睹着爱的起落与反复。终于，人成熟了，心也静了。

我们在一起的回忆，失去了时空的维度。年少的事和后来的事混成一片，不分先后，在心中浮浮沉沉。

枕着无边海潮睡下，想起那晚与她所见的月，仿佛也照彻此夜。

醒来时看到远处的山，对面阳台上的老外坐在秋千上看书，空气中有森林的气味。阳光照下来，再微小的灰尘都无所遁形，它们轻舞飞扬。

万丈红尘。

在这包容一切疼痛的时光夹缝中，我开始忘记自己为什么要来这里，忘记那些流离失所的悲伤，以及没有止息的挣扎。

科恩说，像电线上憩着的鸟，午夜教堂里赖着的醉汉，我以我的方式，找寻自由。

这样的自由，只有独自看着大海和蓝天的时候，才能感觉到。艰辛，快乐，这些可贵的体验，是代价也是补偿。

上帝爱世人，不会抛弃他的孩子。

在暗涌连连的生活里，这样走着，一直走到心里最想去的地方。很多人和事在时光里留下痕迹，这样真好。

若真有所谓的死而无憾，这就是了。

惜，时光不复。

愿，时光不负。

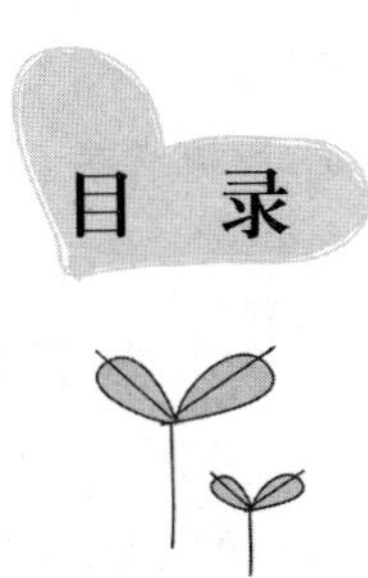

目录

PART 3

用来虚度的，才是好时光

PART 4

有生的瞬间遇见你

PART 5

孤单，是一个人的狂欢

PART 6

我和我骄傲的倔强，这一次为自己疯狂

PART 7

韶华无悔，初心不负

愿你有梦为马，永远是少年

过一段瓦尔登湖式的生活

2009年的盛夏，我在北京当记者，在一个帐篷剧的剧场里帮忙。

剧组里有北京人、日本人，还有……武汉人。当时我是比较惊讶的，可能因为看小剧场戏剧虽然已是北京的一种都市文化，但是在武汉却还是一个比较新鲜的娱乐方式。

是的，那个时候，武汉人艺1001戏剧沙龙才刚刚兴起，口号也是要打造武汉“城市社交圈的新贵”。而欧晨珞想要做的，恰恰相反。

她想要做一个跟北京胡同里遍地开花的小剧场一样的，让和她一样的年轻人，周末除了去看电影或者在酒吧里摇摇色子唱唱歌，还可以去看话剧。

为此，她查过很多资料，上海大剧院小剧场专门对20000会员做的统计给了她最初的印象：观众多集中在25～35岁，月薪4000元的人群，其中70%为未婚青年，70%为女性观众。当时武汉的人均收入和物价水平都不高，两张电影票就60元，但是看场小剧场俩人可能就要200元。

不过，当时的欧晨珞还是很乐观：乔老爷子不是一直都在告诉我们，客户从来不知道自己需要什么吗？何况武汉的小剧场还是空白，简直就是为她欧晨珞留出来的机会。

那个时候，她的小剧场才刚刚开始筹备，还在北京、上海等地“取经”，但是，提起她的“小事业”，她的眼神就开始发光，拉着我说起她的各种想法和蓝图，没个把小时根本停不下来。

之后很长一段时间，我和欧晨珞失去了联系，因为当初忘了问她小剧场的名字，甚至连剧场是否真的成立起来，都无从得知。只因工作关系，我偶尔关注到武汉很多民营小剧场在那两年里都处于亏损状态，连“名家”都常常是“义务劳动”。演员工资也不过只有3000元，和当地一名普通白领的工资差不多。

直到有一天，我从报纸上看到了她的名字，和她的小剧场——谜仓艺术剧院。

报道上说，这是武汉目前最火的小剧场，火到什么程度呢，用欧晨珞接受采访时的话说就是：有姑娘跟她抱怨，如果不是手上拽着票，大概很难再在人群中找到男朋友的身影。

通过那家报纸，我重新联系上了欧晨珞。再见她简直跟时空穿越一样，许多年轻女孩在毕业几年中变化都非常大，从穿着打扮到爱聊的话题，像脱胎换骨一样。但欧晨珞几乎和我初见她时一模一样：穿着舒适的蝙蝠袖T恤、哈伦裤，一见面就兴奋地跳过来拉着我的手说热乎话。

“没想到，你的小剧场真的做起来了。”还没等我说完，欧晨珞就迫不及待地打断我：“嘿，想听听当年我们分开以后我的经历吗？”也没等我答应，她就自顾自地把这些年里发生的事全倒出来了。

那个时候，虽然欧晨珞在豆瓣电影圈里已经小有名气，但是大伙儿一听到在武汉这个没有先例的城市，做这样一个费时费事费钱还看不到盈利的东西，始终有点怯懦，都打着哈哈，说自己

有正职工作，欧晨珞要是需要资源或者临时搭个手尽管说。

因此，在小剧场的整个前期筹备过程，几乎是欧晨珞一个人完成的。租场地花去了爸妈给她的“找工作基金”，自己的房租都交不起，也不敢告诉父母，蜗在一个好心同学的小书房里搭个沙发床睡了大半年。因为没有经济来源，不得不以光速找了份工作，也不敢计较理不理想。“总之，养活自己，吃饱了才有力气伺候梦想！”

要做的事情太多，她几乎忙疯了。白天有工作要做，只能下班了才回到小剧场做事，又打不起车，每天到了末班车发车时间就飞奔800米才能赶上车，因为太累，常常在车上就沉沉睡去。有时候看着车窗外熄灭大半的路灯，想起曾经在北京看完小剧场高兴地坐末班车回家哼着歌的心情，真有点恍若隔世。

剧场刚装修完，为了早点散味儿，她听人介绍买了一大堆洋葱放在小剧场里，没工具，拿起砖头就拍，那个鼻涕眼泪横流哟，她却非常兴奋，一边抬起袖子抹眼睛一边咧着嘴傻乐。

所有的准备工作都做完的那一天晚上，武汉下起了漫天大雪。她把外宣视频看了两遍，按下发送键，发给熟识的同城媒体记者后，心想，这一天终于到来了。正在她感慨今天不用再坐末班车回去的时候，接到了场地安全问题审查不通过要延期开张的通知。

一股巨大的委屈伴随着愤怒瞬间淹没了欧晨珞的头脑，长久以来支撑着的信念轰然倒地，她一屁股坐在刚刚收拾干净的地上，放声大哭。

“从来没有觉得这么难过。以前有盼头，什么事咬咬牙就扛下来了，以为跟升级打怪一样，苦就苦了，总有看得见的甜头在前面，而且按照计划完成任务就能到达目的地，但其实不是，真实生活里永远有着意想不到的挫折在等着你。”

委屈积压太久，全在那一刻如潮水一样倾泻出来。也不知道在地上坐了多久，欧晨珞才慢慢起身，揉揉发麻的腿，打开笔记本电脑，给各家媒体重新发送了邮件，道歉和通知暂缓开张的消息。在那个时候，什么时候开张，还要不要做下去，其实在欧晨珞看来都是未知数。

那天晚上，还早，她漫无目的地在街上乱逛，不知不觉走到了武汉人艺。她抬头看见当日的演出表，买了票，进去看了场《谈谈情、跳跳槽》。

一个半小时的剧目，她旁边看起来是自己一个人过来的姑娘，哭了3次，恋人要分手、公司要倒闭……那个姑娘一直在掏纸巾抹泪。最后演员出来谢幕，欧晨珞还呆呆地坐在原地，任由周围从掌声雷动到剧场清场。

当她起身的时候，发现那个姑娘还没走，甚至也没注意到她的存在。她走到剧场门口，回头看见姑娘孤零零拭泪的背影，才突然如大梦初醒：话剧演完了，梦也完了，人们又回到了现实世界，而现实的遭遇竟然和话剧里一样，这感觉又真实又让人疑惑。

也是从那个时候，她意识到，话剧的最大作用，是呈现身边的生活，从演员身上，近距离地看到自己，而跳出那个囹圄，自己才会知道要怎么走。

“我们这个年龄，都是社会的夹心层，如果你不知道那些同龄人想看到的就是自己的生活，你也永远只会在影院门口买张票，带上3D眼镜，看一场过目就忘的炫技大片。”

当初坚持要做小剧场，或许冥冥之中，就是由着这样的初衷牵着线领着走到今天。只是暂缓开业而已，又不是一棒子打死，为什么要放弃？！

欧晨珞从人艺走出来，雪还在漫天飘着，但她已经不觉得寒冷和无助了。

“谜仓”这个名字也是在那个时候最终定下来的。

如果说以前的欧晨珞只是个单纯的文艺青年，想把那种文化氛围和消费习惯带回自己未来朝夕相处的城市，希望能够就此聚集起许多志同道合的伙伴们，那么随着现实的困难一层层推进和解决，她心中关于这个梦想的初衷反而抽丝剥茧地愈发清晰：

“我们都生活在一个庞大的世界里，在工作中碰了壁，在恋人那里不被信任，就像在一个巨大的仓库里迷路了，未来、过去、现在如蚕丝一样绞成了迷局，我们都需要暂时的沉醉，也需要适时的点醒。”

“那，谜仓开始赢利了吗？”我忍不住抛出一直想问的问题。

“还没有，不过已经快要收支平衡了。”

欧晨珞告诉我，等到小剧场进入平稳运营发展后，她就开始招兵买马，也会辞掉现在的工作，再找一份自己喜欢的工作。

“小剧场不是你一直以来的梦想吗？为什么还要做别的？”我十分不解。

“是梦想，但不是全部，甚至不是大部分，我想要的，不过是像瓦尔登湖里那样，一种完全属于自己的，无论是垂钓还是锄地，只要能够沉浸在其中并且感到快乐和骄傲的生活状态。”欧晨珞说得很笃定。

让梦想照进现实，听起来着实美妙无比，不过，其中的艰苦未必每个人都尝过。

我也曾看见过一些人，他们告诉自己，和外面世界的疲惫与风险相比，偏居一隅的日子已经能称得上“幸福”。久而久之，他们会越来越难以分辨快乐、骄傲、满足、惊喜等这些情绪的区别，那才是真正令人在深夜里蓦地感到恐惧的来源。

你听，4900米山顶上风的声音

艾可决定去云南徒步旅行时，正是她那缤纷的摄影梦变成一场黑色噩梦的时期。

冬日的阴郁午后，她约我去迪卡侬陪她买徒步装备。

偌大的运动超市里，她一个人兴奋地跑来跑去，跑累了，举起一双登山鞋，隔着过道冲我喊：“喂，你说我会不会因为缺氧死在云南海拔4900米的山顶？”

我笃定地告诉她：“不会。”

时至今日，我依然记得艾可拎着登山鞋站在那里，笑着问我她会不会死掉的情景。

她笑得那样明媚，但我知道，她的心情正灰暗如那年北京雾霾遍布的天空。

一个女孩子想当摄影师，从一开始她就知道，通往梦想的路有多辛苦。

成名辛苦，赚钱辛苦，体力上更辛苦。做摄影助理时，连薪水都没有，她却常常需要亲自搬运那些沉重的摄影器材。夏天出外景，别说保养皮肤，不被晒伤就是万幸。她甚至还曾因长时间纹丝不动端着一个长焦镜头拍照而得了腱鞘炎。

这哪里是女孩子该过的日子呢？但艾可着了魔似的爱着那个按动快门、定格世界的瞬间。

爱到不能自已，因此不计代价。

也走过弯路。

大学她念的是心理学，曾经眉飞色舞地给我讲教授的心理实验，真心以为自己更感兴趣的是人心。但她去做访谈实习时，却盯着访谈对象的脸，思考着从哪个角度拍，才能拍出完美的光影效果。

终于，等不及毕业，她向北京的摄影学校递交了报名申请。

交学费，买相机，买镜头，费用不菲。艾可用一股“不成功便成仁”的拼命劲儿，说服了父母，只身赴京。

等到大学毕业，她已在摄影学校学会了拍片的各种技巧。从北京赶回来参加毕业典礼时，她带了摄影杂志给我看，告诉我内页刊登了她的作品，又向我炫耀她见过李宇春，她笑得像一个偷舔了糖果的孩子。

我从未见过她这么开心的样子，就连她那时眉飞色舞说心理学有趣时，也不曾有过如此灿烂的表情。

原来梦想真的会滋养一个人，让人由内而外，绽放光芒。

毕业后，我也去了北京。

朝九晚五的生活很无聊，有时下了班无处可去，我就去摄影棚等她下课。她总是忙碌，扛三脚架，打灯，举反光板调整角度，用蹩脚的英语和外国模特交流，无论多忙，总是一副乐在其中的样子。

念完摄影学校，她开始在时装杂志社做摄影助理。没有薪水，付出时间，透支体力，唯一能得到的是经验——经验宝贵，由不得她不拼命。拼命又有什么关系，手里握着“年轻”这个法宝，她觉得自己简直就像屠龙的勇士，单凭气势就可以天下无敌。

那段时间她瘦得厉害，也穷得厉害，我经常找借口请她吃大餐，却并不担心她，因为她眼底的灿烂光芒让我相信，即使只以梦想为食，她也可以活下去。

过了半年，辛苦终于有了回报：摄影学校的前辈打算开工作室，邀她担任摄影师。

终于可以尽情地拍照，拍自己的作品，告诉我这个消息时，电话那头的她，开心得说话都打了结。

那天，我在大排档点了一打啤酒，和她干了一杯又一杯，我们在北京初夏的夜色里，笑着闹着，谈未来，发酒疯，直到夜空里最亮的那颗星隐入天际。

创业初期，薪水很低。“没关系，”艾可手一挥，“没有薪水的日子我都忍过去了，现在至少能养活自己啊。只要接到单子，日子就好过了。”

因为缺人手，前辈又在同时经营其他店面，前期工作基本都是她在做。她整日整夜地忙，焦头烂额。

3个月过去，工作室仍然没有接到单子，虽然前辈用另一家店的收入支撑着摄影棚的开支，让工作室不至于倒闭，但这不温不火的状态，让艾可非常焦躁。

这时，前辈招到了第二个摄影师江一，和完全是新手的艾可不同，江一有过两年的摄影经验。虽然前辈的说法是让江一辅助

她，但艾可的处境明显很不好。

很快，糟糕的事情发生了。

工作室接到的第一个单子，是某个品牌的当季服装大片。在此之前，艾可一直忙着为工作室拍宣传片，接到单子时，宣传片还没拍完，于是前辈让江一负责与客户面谈沟通，并信誓旦旦地保证片子一定由艾可来拍。

结局连我都能猜到：一心以摄影师为目标，辛辛苦苦把工作室搭建起来的艾可，到头来却失去了摄影的机会。前辈向她道歉，说："要不你干脆放弃做摄影师，我把工作室交给你管，给你提成分红，怎么样？"

不知受了前辈怎样的蛊惑，也不知她是如何逼自己忘记最初的梦想。总之，艾可选择了妥协。

我知道她对父母那边，一直都说工作顺利，还夸口说摄影学校的学费都快赚回来了，也知道她为了攒钱买镜头，已经一年没买过新衣服，出去从来都只吃最便宜的便当。

仅以梦想为食，其实是活不下去的。

那年年末，烟火漫天的除夕夜晚，我接到艾可打来的电话。

"喂，喂，"她在电话里大声说，"我现在在海拔4900米的山顶，你听，这是山风的声音！"

听筒里传来巨大的风声。

呼——呼——呼——

撼天动地。

"我说对了吧！艾可！即使到了海拔4900米的地方，你也不会死掉！"在烟火声和风声里，我冲着电话歇斯底里地喊。

她哭出了声。

“那，我的梦想不会死掉吧？”在高原之上，艾可哽咽着问我。

“不会。”我笃定地告诉她。

回到北京，她辞了职。

越来越上正轨的工作室，越来越丰厚的分红，她放弃得干脆利落。

如今她是一位自由摄影师，同时为好几家时尚杂志和摄影室工作，刚刚得到“十佳时尚商业摄影师”的提名。

摄影杂志采访她：“在这个残酷的业界，你是靠什么坚持下来的？”

她淡淡一笑：“我只是放不下手中的相机罢了。”

曾经以为，梦想奢侈到把自己当了也买不起的地步。

后来才知，梦想所要求的，仅仅是我们的不苟且，不妥协。

开家咖啡馆，闻一闻梦想开花的味道

捧着一杯温度刚刚好的咖啡，吃一块不过分甜的糕点，透过干净得让人忍不住想要撞上去的落地窗，看街上行人来来往往，如果咖啡馆里放的正好是自己喜欢的音乐，那么我会觉得幸福无比，这就是最美好的时光。

闺密打来电话问我在哪里，如果我告诉她在咖啡馆，她定会咬牙切齿地吐出两个字：矫情。

是的，咖啡那么苦，店铺那么小，价格那么高，可来到这里的人，还是一副寻着落英缤纷的水泽来到与世无争的世外桃源的小资模样。

舍得在咖啡厅里独自一人，或是与男友与闺密，花费整整一个下午的光阴的人，一般都有一个俗气的美梦，即在老了的时候开一家风格独特的咖啡馆。

我自然不能免俗，每次坐在摆着绿植的咖啡馆里时，心中就会无比憧憬地想，我一定要开一家咖啡馆，一定要，一定要。我要在自己的咖啡馆里养一只猫，绘制美丽的明信片，烘焙好吃的蛋糕，放轻柔的萨克斯音乐。

可是，我只是一再地憧憬，又一味地延宕，从来没有当过真，更不曾实践过。

而那个总是腹黑地说我矫情的闺密苏棋莎，却不声不响地独自行动起来。

既然每天都恨不得将自己卖给别人的咖啡馆，倒不如将自己卖给自家的咖啡馆。不要再说什么老了就开咖啡馆，现在就开一间吧。

苏棋莎带我去看她已经选好的场地，那里从前是一家公司的库房，如今公司上市，新的库房搬到了别处，这间就空出来了。苏棋莎凭着姣好的脸蛋和讨人喜欢的伶牙俐齿，以最低的价格从房东手中接了过来。

这里除了坚硬冰冷的四壁，以及铺满碎纸屑的地板，再无其他。

这就是未来的咖啡馆？我不禁瞠目结舌。

苏棋莎的脸上，看不到任何冲动与兴奋，有的只是一个战略家的冷峻与理性。

她将我晾在一旁，与设计公司派来的人员沟通自己的装修设想，怎样布局整个空间，柜台在哪里，卫生间在哪里，甚至连窗台的尺寸都要精确到1厘米。

我站得累了，就从地上捡来一张稍稍干净的旧报纸随地垫着坐下。对面的咖啡厅里已经亮起微醺的灯光，玻璃窗上映着晚归的人们。

苏棋莎和设计人员说完后，拉起坐在地上的我，走出这家未来的咖啡馆。走到十字路口时，我看到她深情地回头看了看。

我和她穿过黑夜，走进地下铁。空座位很多，我和她挨着坐下来。

我问她这一次是不是认真的。她没有说话，而是从背包里拿出一张有总经理签名的离职证明。她说，越来越觉得时间不够用，仿佛一下子就老了。对别人来说，辞职开咖啡馆简直就是一种无可救药的文艺病，可是她就是想趁着还有精力折腾，去做自己想做的事情。

我问，万一失败了怎么办。

她倒是看得开，失败了就失败了，就当作一种经历，但不做以后肯定会遗憾。

地铁在隧道里疾驰穿梭，掀起一阵阵风，亮光一闪而过，让人感觉坐着这列车就会抵达春天。

苏棋莎的头渐渐倾斜到我的右肩上。睡吧，睡吧，明天醒来时，她又会为咖啡馆这个梦想冲锋陷阵。

以后的几个月中，我在上班之余，会跟着她到建材市场，亲自挑选装修的材料；坐两个多小时的地铁和公交，去二手家具城去买实惠而别致的家具、桌椅；自己动手将墙壁粉刷成海蓝色，请来美术专业的朋友在上面绘制云朵图案；去郊区买喜欢的花盆、陶罐和培养土，回到店里后精心栽培。

苏棋莎还专门在店里开辟了一个木质格子书架，分门别类放着平时自己爱看的书，以及旅行时从世界各地淘来的小玩意、小古董。

平时大大咧咧的苏棋莎，竟变得如此细心。她眼看着这间屋子从一个毫无生气的库房，慢慢变成了一个承载梦想的容器。

从选址到正式营业，她用了7个月13天。

梦想实现的时间，也就是这么多。

营业那一天，我早早向公司请了假，从衣柜底层拿出珍藏许久的木质小提琴模型，赶往苏棋莎的咖啡馆。从公交车上下来，远远就看到那家咖啡馆海蓝色的墙壁，在稍稍喧嚣的街道旁，安静地站着，显得那样清新脱俗。

我把木质小提琴模型放在格子书架里，让它和普鲁斯特那本《追忆似水年华》挨在一起。旁边那个格子里，放着她几年前和祖父一起做的长颈鹿泥塑。

我以闺密的身份，喝到了第一杯研磨煮好的香浓咖啡，尝到了第一份烘焙出来的糕点。看着我心满意足的样子，苏棋莎紧紧抱住我，我在她的发丝与肩上，嗅到了梦想开花的味道。

刚刚开张时，客人并不多。而苏棋莎坚持用最好的食材，泡出最好的咖啡，做出最可口的糕点。房租价格不菲，雇员工资高昂，水电费、税收等又是一笔费用，我开始为苏棋莎捏一把汗。

苏棋莎仍旧像往常一样，在萨克斯音乐中清点账目，补充剩余不多的货，仿佛一点都不着急。有时整整一个下午都没有一个客人，她也并不气恼。这本来就是个不能急的行业，气恼又有什么用呢。

有人曾说，养一家咖啡馆，就好像是养女儿，需要富养。确实，最初经营时，不赔钱就算是万幸，哪里还指望它会帮你攒个金库。在最艰难的时刻，人们的激情便开始渐渐退却，支撑下来的人，全靠一股渗透到骨子里的情怀支撑。

在他们眼中，咖啡馆卖的并不是咖啡，而是一种自我满足的氛围，一种安静的心境，一种享受人生的姿态。他们甘愿为了这一切，舍弃光鲜的外物。

我知道为了这家咖啡馆，苏棋莎拿出了自己所有的积蓄，甚至还向父母借了一部分。

我心疼她那么拼命，她却笑着说，并不是每个人都有机会为自己的梦想埋单。

以前，时常将开一家咖啡馆挂在嘴边，将其称之最诗意的生活方式。

如今，看到苏棋莎像守护自己的孩子一样，倾尽全力守护着这家咖啡馆，我才明白，这不只是一场绚烂的想象。它需要你付出时间，花费精力，扔掷资财，拥有情怀。即便如此，它也可能在某个时间夭折。

苏棋莎仍旧经营着那家不大的咖啡馆，不是坐在咖啡馆里，就是走在去咖啡馆的路上。生意随着时间的积累，逐渐好转。很多人坐很长时间的公交专程来到这里，也有人只是路过这里歇一歇脚。苏棋莎也就与这些人的生命轨迹，有了短暂的相交。

纽曼说："不要害怕你的生活将要结束，应该担心你的生活永远不曾真正开始。"我想，生活已经真正开始的苏棋莎，是幸运的。

不疯魔，不成活

林亦修，梦想的偏执狂，有洁癖的处女座。

三年前，我们在一次共同的朋友聚会上认识。一直以来，我们并没有太多交集，但我总是能从朋友的闲谈与唏嘘中听到他“不疯魔，不成活”做摇滚的事迹。

“毁掉我们的不是我们所憎恨的东西，而恰恰是我们所热爱的东西。”这是尼尔·波兹曼说的一句经典名言，我觉得这句话用在林亦修身上实在太过贴切。我们就是那样无能为力地看他背着沉重的梦想，想要穿过云层冲向可以容纳一切的天空，却一寸寸向下坠落。

任何人都不知道坠落到深不见底的山谷后，他会选择带着伤痕重新起飞，还是就此把梦想连同对生活的希望一并埋葬。

坐在咖啡馆里闲聊的时候，林亦修永远是我们话题的中心。在这个黑夜被霓虹照亮的时代，梦想比一杯咖啡要奢侈得多，也远比一杯咖啡更让人觉得矫情。在平凡得如蚂蚁一样的我们看来，林亦修是一只拼命想要逃出平凡围城的猛兽，让我们佩服的同时，也让我们觉得他不过是在做垂死的挣扎。而在他看来，我们坐在咖啡馆里无所事事地闲聊，不过是在等着死神前来报到。

梦想，把我们的距离隔开了好几道街。

但是，说不清是嫉妒，还是羡慕，我们看似漫不经心实则聚精会神地关注着他的每一次转弯，准备在他下坠时看他的笑话，或是在他起飞时举起手为他鼓掌。

林亦修毕业于一家并不知名的音乐学院，毕业后多半同学都走进中学校园，做了一名音乐教师，也有几个家境富裕的同学到国外知名音乐大学进修，只为混一个唬人的头衔。而他则带着摇滚至死的执着信念，千里迢迢来到北京，和几个意气相投的朋友组建了一支摇滚乐队。

那一支乐队是他梦想的起点。当然，也可以说是他中毒的开端。

在那支乐队中，林亦修做鼓手，并负责乐队原创作品的作词和谱曲。他们排练的地方就是他租住的地下室，见不到阳光和月光，看不到树梢和蜻蜓，也听不到雨声和风声。林亦修打鼓极其用力，手持鼓槌的地方，已经多次渗出血液。他只好贴上创可贴，忍着流血的疼痛，继续练习乐曲的拍子，调整乐曲的节奏。鼓声、吉他声、贝斯声，以及主唱唱出的歌声，交织在一起，是一种掺杂着太多复杂情绪的呐喊。

没错，是呐喊，是对这个太苛刻的世界的呐喊，是对太疲惫的生命的呐喊，是对太强烈太顽固的梦想的呐喊。

一曲唱完，每个人都大汗淋漓，每个人都沉默得如同死去，每个人的眼睛里都有某种说不清道不明被压抑的液体。

乐队其他人走后，狭小的屋子里只剩他一人。已过深夜，他仍旧接着练鼓。隔壁有人愤怒地敲开门，警告他不要再闹出动静，他只是机械地答应一声，随后又敲出旋律。一整夜过去，鼓面上已滴满血珠和汗珠。

既然选择了这样的道路，就只能硬着头皮走下去。他站在落了灰的镜子面前，仔细端详自己，脸上有疲惫，也有跃跃欲试。

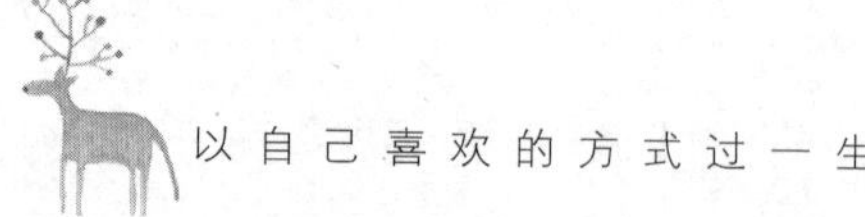

他手握鼓槌倒在床上。就先这样睡去吧，睡醒后还有千万里泥泞的路要走。

林亦修把录好的歌寄到多家唱片公司，过了1个多月仍没有收到任何回复。坐在主题餐厅里演出时，台下的人们只是大快朵颐地享受着晚餐，并没有人回过头来投以赞赏的一眼。多半时候，嘈杂的碰杯声，都会盖住奋力敲击的鼓声。

午夜散场，他通常没有进一点儿食。见到还未被服务生收拾的餐桌上仍留有吃剩的饭菜，他便默默地坐下吃起来。

他一边咽下凉却的残羹，一边咽下生出来的绝望。他并不懂，为什么坚持梦想的人，多半生活窘迫。而那些老老实实待在围墙里的人，生活富足，健康长寿。

他的生活就像一间没有窗户的地下室，没有光线，密不透风。他每天所做的事情，就是作词谱曲，练习打鼓，录制歌曲寄给各个唱片公司，在主题餐厅演出。

唯一让他看起来与众不同的是，他心里始终升腾着梦想的热气。林亦修并不知道尽头在哪里，或许，这条路从来就没有尽头。即使知道或许永远与梦想隔水相望，但他的字典里似乎没有收录“放弃”二字。日子难熬时，他顶多是一支接一支抽烟，以及蒙着被子在地下室里睡觉。

然后，睡醒了再重新开始。

在主题餐厅演出的那一段时间，他喜欢上了餐厅里一个相貌普通的服务生。当他把要追那个女人的消息告诉乐队里其他人时，他们都对其嗤之以鼻，说凭着林亦修的帅气完全可以追到一个更好的姑娘。

林亦修给出的理由很简单：“我养不起更好的姑娘。这个服务生在不忙的时候总会看我打鼓，也知道给我留一份没有动过的饭。”

乐队的哥们儿听到这话都沉默了。并不是所有人都能同时承担得起梦想和生活的重担。

林亦修和那个服务生在一起了。她没有宏大的梦想，只想把日子过好。她也并不知道自己真正想要什么，生活给予她什么，她就全盘接受。

即便是热恋的时候，林亦修也很少腾出时间来陪她。她并不是不伤心，只是不忍责怪他。毕竟，在对她表白的时候，他已经说明他并没有多余的时间，也没有多余的钱。

他们的关系一直维持得很好，从未走得太近，对彼此的感觉就保留着最初的印象。至于那些生活深处的难堪与阴暗，只有自己以及屋里的那面镜子知道。所以，他们都认为他们是最相爱的一对，也为从未吵过架而深感欣慰。

在3个月纪念日时，他因为录一首新歌忙碌到半夜。她拿着午夜场的打折电影票来地下室找他，他一脸迷茫，全然不知道她为何那么热情。

在踌躇片刻之后，他最终还是拒绝了和她去看电影。他用轻柔的布擦拭鼓架与鼓槌，随后他吩咐她坐下来听她打鼓。她把电影票放进包里，按照他的指示坐在床沿上。在澎湃激昂的鼓声中，她心如止水，并不打算生气，也没有把今天是什么日子告诉他。

打得大汗淋漓时，她拧干泡在脸盆里的毛巾，为他擦汗，并用叠好的干布把鼓面上的汗珠也擦掉。那一晚，她没有离开那间地下室，而是听他说了整晚的梦想。朋友们都说他想做第二个崔

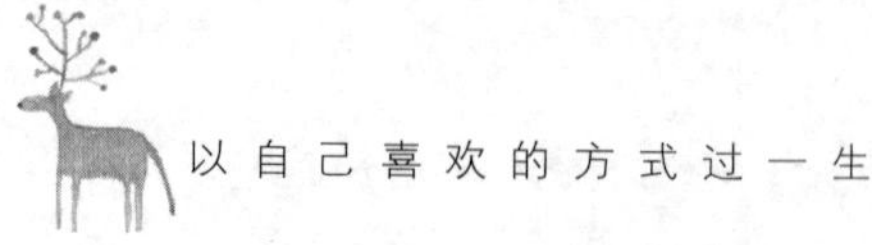

健，其实他并不想复制任何人。他只想在自己身上贴上摇滚的标签，做打鼓界的牛人林亦修。

时间不等人，也不等梦想。一晃就是两年。两年的时间，林亦修搬过一次家，但仍住在地下室。他的乐队仍在各个餐厅演出，只有嘈杂的环境，没有忠诚的听众。他依旧坚持给各家唱片公司寄歌曲小样，但都石沉大海。

两年的时间，他们看惯了社会给予的冷眼。因为看不到希望，主唱回到家乡继承了父亲的事业，贝斯手创办了一个贝斯补习班，吉他手在父母的安排下娶了只见过数次的姑娘。

这个乐队还是解散了。在解散那一天，他们4个人去酒吧喝酒，一直喝到凌晨4点钟。从酒吧出来，正赶上下雨。那是林亦修唯一没有练习打鼓的一夜。

第二天一大早，他把女友约到一家很小的奶茶店。店里只有工作人员在忙，他为女友点了一杯红豆热奶茶，自己则要了一杯清水。过了一会儿，他终于直截了当地提出分手的要求。他对她说，乐队已经解散，接下来的日子会更苦，时间也更少。在她没有厌倦、埋怨他之前，分开是最好的选择。

她试着挽留，而他已做出决定。他请她喝的唯一一杯红豆奶茶，她没有喝出一点儿味道。

在那段迷茫的日子里，他回了一次家。

那一天正好赶上亲戚们聚会。越是热闹的地方，林亦修越感到孤独。大人们最爱做的事情，无非就是挤在一间屋子里，说张家长李家短，顺带不经意地说起自己的孩子多有出息。

大舅妈说儿子今年毕业，已经拿到了知名外企的录用通知书。姨外婆说自己的孙子在部队的医院里，做得风生水起。二姨说自己的女儿在香港旅行时给她买了一条紫水晶项链。

林亦修的父母只是静静地听着，适时夸奖一下别人的孩子，有时也朝低着头的林亦修投来略带哀伤的眼神。不知是谁问起林亦修现在在做什么，忽然之间整个屋子就静下来。林亦修看看父母，又看看眼前这群等着看笑话的人，轻描淡写地说，在北京做音乐。

有人紧接着问，做得怎么样。他回答，还可以。

有关他的话题就此中断，人们又互相吹捧起来。

聚会结束后，屋里只剩下林亦修和他的父母。父亲抽着旱烟不说话，烟雾弥漫整个屋子。母亲低着头暗暗抹泪。林亦修只说，让他们再给他三年的时间，如果三年之后依旧闯不出名堂，他就安顿下来。

他离开家的那天，父亲像往常一样把他送到了火车站。

后来，他仍旧在北京的一间地下室里创作，同时帮人做一些谱曲的工作。他也寄出过很多歌词，有几首被人买下版权。

日历一张张被踩在脚底，他剩下的时间越来越少。这期间，他并没有闯出什么名堂，只是一再受着梦想的蛊惑，不间断地练习打鼓。每一个夜晚来临时，他似乎都很平静，仿佛已经做好了换一条道路的准备。

他并没有预料到，事情会有转机。

在一个大型的摇滚乐比赛现场，他心潮澎湃地坐在台下，评委席上坐着他最崇拜的摇滚主唱。比赛看到一半，他在上洗手间的空隙误打误撞走进了后台。后台即将上场的乐队捶胸顿足，一阵慌乱。他偷偷问旁边的助理发生了什么事情，助理告诉他，鼓手肠胃炎忽然发作，不能上台。林亦修鼓起勇气走过去，说他就

是一名鼓手。

就这样，他没有参加任何排练，没有看一眼曲谱，就随着只有一面之缘的乐队走上台。台上光芒四射，照在他面前的架子鼓上。

在演奏的时刻，林亦修看到他最欣赏的评委正聚精会神地看着他。

谁说此生不能如诗般自传

中学时代的班长，是个短发女生，皮肤白皙，笑容甜美，喜欢她的男生几乎能挤满半个篮球场。有一次，和她一起回家，正好遇到了班上一个男生的妈妈，因为是家长委员会的代表，我们都认识。她是个气质优雅的大美人，又是个医生，穿白大褂的样子真的像天使一样。班长看着她的背影，一脸崇拜表情。她说："长大后我想成为这样的女人，事业成功，家庭幸福，智慧，优雅，美丽。"

那时的我认为，至少要独自环游世界，或者成为某个行业的伟大开拓者，才算梦想。她的梦想，未免也太小了。

后来长大了些，才知道她的梦想，多少女人穷尽一生也无法抵达。

现在的她，当上了医生，虽然还只是实习医生，也算前途无限。她仍然保留着少女时期的甜美长相，走到哪里，都是追求者不断，却因为工作太忙，一直保持单身。她离那个事业成功、家庭幸福的梦想或许还很遥远，但的确是在一步步向着理想中的自己靠近。

从小就知道要走的路，不浮夸，不空想，尽一切努力抵达。这个聪明的小女孩，终有一天会成长为智慧的女人吧。

但是，也有那种不断走在尝试的路上，才知道自己想要什么的人。

朋友认识的一个女孩，高考时填志愿，完全不知道自己要读什么专业，迷迷糊糊在班主任和父母的建议下，填了经济系。大学上到第三年，在她还没搞清楚专业内容的时候，家里生意破了产，欠了许多债，她只好退学，在爸爸朋友开的酒店里工作。从普通的服务生做到领班，她意外地发现自己挺适合做这份工作。但做到领班，就算做到了头。

正在苦闷时，爸爸的朋友问她要不要去学酒店管理，他可以负担学费，就当为酒店培养人才。她当然愿意去学。学了几年酒店管理，她重新回酒店上班，这次不再是当领班，而是成为管理层的一员。很快，她得到了出国的机会，去欧洲的一些著名酒店交流学习，在这期间，她接触到很多西餐相关的知识，结识了不少有名的厨师，由此开始对西餐文化产生兴趣。

回国后，她开始着手考察市场，募资开西餐厅。起初，因为缺乏资金，店面很小。但由于她在厨师的聘请上花了重金，西餐的品质和味道非常好，吸引了不少高端客人。生意越来越好之后，她没有扩张店面，而是选择在其他地方开了另一家西餐厅。

在这个过程中，她又对红酒产生了兴趣，专程跑到法国学习红酒相关知识，参观葡萄种植园。回国后，她又开始着手募资开酒庄。

到今天，她已经拥有两家西餐厅，一家酒庄，又开始专门去学调酒，以后想要开一家由她亲自调酒的私人酒吧。

朋友问她，你到底想要什么，想做什么。她笑说，不知道，可能我想要的就是这种不断发现新鲜事物，不断发现自己还可以做更多事情的感觉吧，因为这种感觉实在太棒了。

所有的梦想都值得珍视，生命沿途的所有风景都值得深爱。

无论是从小笃定自信，笔直地靠近目标，还是跳跃着、徘徊着、犹豫着、辗转着奔向目标，只要全情投入，那么哪一种都是人生，哪一种人生都可以成诗。

唯一的自传。独一无二的诗。

我的一个远房表姐，从小一直以成为一个好妻子和好母亲为目标。在我们这些自我意识和独立意识强得不得了的女人眼里，有这种想法的她简直是被男权意识同化和奴役的典型象征。所以，我们都嘲笑她，苦口婆心地告诉她，这个目标有问题。

她却不解地问：有什么问题？我是真的想要成为一个好妻子，成就某个好男人，然后养育几个很棒的孩子。成就别人，我会很有成就感，这样不行吗？

结果证明，我们都小看了她的目标。

她并没有因为这个目标而变得安逸懒惰，也没有忙着四处留意好男人。相反，无论是学业还是工作，她一直努力保持优秀，以全校第一的成绩考上名校，上大学期间，几乎所有课程都是A，以全额奖学金留学美国，拿到哥伦比亚大学学位之后，又继续攻读MSFE（金融工程硕士），最后留在那边签了一家投资银行。

开始工作的那年，她回国办一些手续。见到她时，她穿着简单的白T恤，黑色紧身长裤，搭配风衣，潇洒帅气，和周围那些打扮花哨的女孩子对比鲜明。我们调侃她，你这副样子，分明是个干练的女强人，和好妻子好母亲的目标相差十万八千里啊。

她仍然不解地问：干练的女强人和好妻子好母亲不能并存吗？

当然可以并存。我脑中浮现出安吉丽娜·朱莉携手布拉德·皮特，养育着一群孩子，仍然事业、慈善两不误，气场强大，不失分毫美丽的样子。

后来，她果然在美国结婚生子。丈夫是一位美裔华人，是她攻读MSFE时的助教。和她结婚后，在她的劝说下，他辞掉助教工作，开始在华尔街打拼，如今，已是一位收入颇丰的高级经理人。听说目前夫妻俩打算共同创业，开一家自己的投资公司。

在她的社交账号上，她经常发一些自己的照片，有一张她带着3个孩子逛街的照片，简直可以媲美明星街拍。

好妻子和好母亲的梦想，她真的实现了，而且实现得这样完美。

我们起初都以为她是想嫁给一个多金的好男人，从此做一个男人背后的女人，安逸地相夫教子。原来她是先让自己站到顶端，然后再找到一个好男人，成就他，彼此携手抵达更好的未来。

如果没有哥伦比亚大学硕士学位以及攻读MSFE的背景，她怎么可能成就自己的丈夫，怎么可能和他并肩创业？而当她已足够优秀，她当然有资格仅仅满足于做一个好妻子、好母亲。

好妻子、好母亲，也需要一个更好的自己作为前提。

知乎上有人问，如果你要给自己写一句墓志铭，你会写什么？

有一个票数很高的回答是：来过，活过，爱过。简简单单，足够诠释每个人的一生。

也有人这么回答：如果没什么事，我就先挂了。

幽默的回答，同样引来点赞者无数。

我更喜欢后一个答案。

人生并没有一个标准答案，一千个人，有一千种墓志铭，我们活着，或许只是为了去寻找一个属于自己的答案。

笃定地做喜欢的事

在小众经济盛行的今天，王小帅的电影《闯入者》再次受到文艺粉的追捧。

不知道还有没有人记得，他以前曾拍过的一部文艺片，演员比现在的更大牌，影片也比现在的影响力更广，几乎没有争议地成为一代人的青春纪念。

一个17岁的农村少年，在北京找到一份送快递的工作。公司许诺他，赚到600块钱的时候，那辆银色变速山地车就可以从暂借变为自己真正拥有。他有点惶恐不安，面对这城市初初显露出来的五光十色。不过他不怕，因为他有自己的梦想，那就是拥有一辆真正属于自己的山地车。他因此每日都非常勤快，可就在梦想即将成真的时候，那部暂借的山地车丢了。

现在的孩子连自行车都很少骑了，可能很难体会到这种心情。那是一个把山地车当今天的宝马看待的年代。

仓皇的青春，是车丢了坐在马路边眼里要溢出泪来的无助，是在绚丽的北京夜色中奔跑后急促跳动的心。有的人拥有了很多，还在继续拥有着更多；而有的人已经没什么可失去的了，可是还在一直失去。

北京常年灰蒙蒙的天气，正好应了主人公对生活持有的灰色的心。

北京的街头单车非常多，特别是非主干道的路上、天桥底下，镜头从马路上的混乱车轮往上拍过去，城市里众多穿着各式各色的鞋子、裙边、裤腿，看不见人脸，也看不见那个在山地车上做了记号，流着泪下决心要把车找回来的男孩子的脸。

他说，车是我的。他不知道什么哥们义气，不会讲道理，也只认一个理。他从哪里来，为什么要这么辛苦地赚钱。我们一无所知。

当他莫名其妙地被暴打一顿以后，踉踉跄跄地扛起扭曲了的自行车，走过喧嚣的马路，走过众目睽睽的人行道，我想他的心里，除了无助、茫然，更多的是苦楚。他已经有点明白这个社会的潜规则，明白有些艰辛其实是没有理由的。

对于苦难的人，仿佛所有的悲剧，都该是你受的，你连反抗的权利都没有。这个现实，多么令人绝望。

你17岁的时候在干什么？

他也17岁，没有规整的校服、皮鞋，不能在宽敞的校园里踢球，不能和大多数同龄人一样，上课时睡觉，下了课去游戏厅。他不能骑着车意气风发地在路上吹着风，在拐角遇到喜欢的女生。他卑微得，连正面看女生一眼的勇气都没有。

他没有钱，也没有可以挥霍的青春。只有眼泪是他自己的，只有一次一次站起来的力气是他自己的。

红灯过后，直行的路口又恢复了车水马龙。而这座城市的脸，依旧面目模糊。

这样一个看上去很难引起共鸣的人，其实我们每天都能遇到，其实他就在我们身边。其实，他就是我们自己。遇到挫折的时候，那个在灰蒙蒙的天空下不知道往哪儿去的迷茫的身影，是我们自己；无路可走的时候，除了眼泪流下来让自己感觉还存在着的那颗心，是我们自己。

他在我们心里，提醒着我们每一个人，只要你还能站起来，走下去——你拥有的，其实已经足够多了。

在应试教育下，没有多少人在高中的时候，就能想清楚自己未来想要成为什么样的人，但是在高三那个时候，我们却都必须做出一个选择，上什么专业，去什么学校。

正如那句话所说，奋斗就是每一天都很难，却一年比一年容易。不奋斗就是每一天都很容易，却一年比一年更难。

我当时的前桌，是个有点内向的男孩子，每天早上都比我早到教室学习。他给我看过他的时间表，先背单词，再读语文课本，然后背政治概念，中午放弃睡觉，做数学练习题，下午课后去跑步。但越是临近高考的时候，他越是烦躁，有时候早自习快结束了，他计划表里应该已经背完政治了，但他还在背单词。

“前天下午上完课我准备去跑步的时候，突然整个人一下崩溃了，我不想继续这种生活了，就连迈出一步，无论干啥都好，我也不想了。”

有些人的青春期来得很晚，一旦压力过大，就容易一边因为挫折妄自菲薄，一边又极其渴望尽早冲破当下的桎梏。

后来高考他发挥得很不好，上了一个二本的学校，计算机专业。学了这个专业的人都知道，那几年计算机专业很热门，许多人都挤着去学，结果毕业了满大街都是，特别难找工作。他去了一家小公司，所有人包括他加起来也就十来个人，没有专门做清洁的阿姨，他是新人，这些活都落在他身上。

那段时间，他每天比别的同事早到半个小时，扫地、擦桌子，还要给老板泡上茶。你以为接下来的剧情，是老板给勤奋的员工加工资，或者重用升职？现实当然不是这样。小公司在一年后就倒闭了，结算时连一个月工资都发不出。本来薪水就很微薄，他几乎没有什么存款，只能狼狈地再开始找工作，疯狂地投简历。

“公司要有蹲坑，不要马桶”“要有保洁阿姨”，当时，他找工作只剩下三个要求，这是其中两个。因为有了一些工作经验，他找到了一份网络后台数据管理工作，和他的专业也算是挨得上点边。

“钱多话少死得早”，程序员同行们常常这样自嘲。但他却再也没有像高三那样恐惧过未来。

“虽然对未来的生活依然没有把握，对万事还不能驾轻就熟，但是我能知道，现在做的就是喜欢的事了，排除万难也要继续。”在一次毕业很久的同学聚会上，他感慨万千地说道。

《爱丽丝梦游仙境》里有这么一个情节：

“前面有那么多条岔路，我应该走哪一条呢？”爱丽丝向小猫请教。

“那取决于你想到哪儿去。”小猫回答。

“但我不知道要去哪儿。”爱丽丝为难地说。

“那么你走哪一条都是一样的。”小猫答道。

如果我们不知道自己要前往何处，要朝什么方向努力，那么，任何道路就失去了意义。

对生活的前路不迷茫，坚定地做自己喜欢的事，其实并不容易。有些人摸爬滚打一辈子，都不一定明白自己真正想要的是什么。然而，那一刻的“明白”，有时候犹如在餐厅等位，凌晨4点等日出，梅雨季节等衣服干，花点耐心就能等到。

夏天有蝉鸣和晴空，沙漠有孤烟直和落日圆，你也会有自己笃定的事。

在自己的王国里，一步一步变成玫瑰

上周六下午，我和左爱沫去尤伦斯当代艺术中心参加“你好，尼泊尔！”旅行分享会，分享者是我们共同钦佩的旅行家——栀子小姐。

现场，幻灯片上各种各样的尼泊尔照片一闪而过，栀子小姐不可思议的尼泊尔经历幻化成美妙的音符飘散大厅，甚至隐隐约约还能闻到空气中尼泊尔香料专属的气味。

我看到一小束光照在左爱沫恬静的脸上，想起去年这个时候和她在博卡拉面对鱼尾峰喝马萨拉茶时，惊讶地发现一直嚷嚷着要去尼泊尔一边看珠峰一边喝茶的两个人此刻正做着这些事，不禁感叹，猝不及防地，彼此都成为梦想中的那种人，想做的事情都做过，想去的地方都到达过。

高考前，同学间流行相互写毕业纪念册，班主任发现大家上课都在兴致勃勃地写这个后就严令禁止。大家开始偷偷在下晚自习后写，在宿舍举着手电筒写，奋笔疾书，好像在书写自己光明而美好的未来。纪念册中有一栏是“希望自己以后会是什么样”，我记得当时给所有同学写的都是希望大学期间能出去交换，毕业后在外企上班，成为满世界出差的职业女性，成为一个有质感的人。但那时，我甚至不清楚有质感真正意味着什么。

大三，北京的冬天飘着白雪，我在半夜抵达温暖的中国台北。到达学校整理完行李后，我凌晨4点才睡，8点又起床去注册报到，恍惚的神经在看到陌生而熟悉的繁体字，听到软软的台湾腔时彻底清醒。

当晚，我迫不及待地跟左爱沫分享在中国台湾第一天的新鲜经历：出境口对着巨大的行李箱手足无措时，陌生的台湾人急忙跑过来主动帮我；接机的老师给我们带来了香甜爽口的热带水果，而我之前从没听说过；去学校途中经过淡水，一片灯海，泛着浅浅柔光，惊艳了我的心。

絮絮叨叨了半小时，挂电话时左爱沫突然说，我知道你会这样，我从来没怀疑过你不会出去交换。那一刻，我意识到自己在走向梦想中的自己。

大四的时候，我开始在专业课上老师不断提到的公司实习，每天早上都要穿越整个北京城，在西边与东边来回奔波，整整一年。有时加班到深夜害怕遇见坏人，就从地铁口一路跑回学校，提醒自己第二天带防狼喷雾；看不懂英文资料时，就利用坐地铁和吃饭的时间狂背英语，还因此经常坐过站；担心下班后学校澡堂已关，会叫室友帮忙多提几壶热水直接在浴室洗澡。

现在，我在公司两年了，每天都有开不完的会，接二连三的

头脑风暴，不停地写创意简报和会议纪要，依然常常被客户质疑，依然常常加班到深夜，第二天还要早起精神饱满地提出方案，但没有什么比看着我们作品上线或拿下比稿时更让我感到快乐。

我没能成为满世界出差的职业女性，但我成了会自己去旅行的职业女性。我常常对着地图发呆，看着地图才会觉得世界都展现在眼前，而我也融入其中。那一个个千奇百怪的地名竟然有那么多让我疯狂迷恋的历史、美景和人，而我不敢相信自己那么幸运，居然曾跨越万水千山，踏上过那一些土地，这种感觉美妙得不得了。

我记得在小琉球环岛旅行遭遇台风，民宿老板连夜帮忙订船票回高雄，因没提前告诉我们台风警报而分文不收；在高雄住民宿，老板没露面也不催房费，打电话给她，让我们把钱直接放在门口信箱，一点都不担心我们会“携款而逃”；在越南夜间巴士上醒来发现旁边的越南人不怀好意地盯着自己，吓得连忙叫醒周围的背包客才安心，但第二天看到一半沙漠一半海水的美奈时，一切又都忘记了；坐了一天一夜的大巴被柬埔寨边境工作人员敲诈后又凌晨4点起床，只为了等候世界上最美的景色——吴哥窟日出。一叠A4纸都写不完的故事，是世界给我的礼物，也是我自己给自己的礼物。

我依然不知道有质感的人是什么样子的，这又有什么关系呢。
在自己的小王国里，我看着自己一步一步慢慢变成了玫瑰。
暗自飘香，骄傲而自足。

为梦而活，不诉凉薄

年轻时，我们最不缺的是梦想。

老去时，我们最不缺的是年轻时未曾实现的梦想。

一个愿望的成型，有时只用了一秒钟。一个愿望的遗忘，也可能是在不经意间。老态龙钟地躺在病床上，以苦涩的药物维持生命时，才恍然明白，什么是自己最想要的。

有人说，那时为时已晚，但始终留在心底的那个愿望，永远不会嫌你行动得太迟。未曾认真年轻过的人，最该为自己认真地老去。

周末，除了与朋友在各种格子铺里闲逛来消磨时光，我时常一人窝在家中的沙发上看老电影。一部片子，一个完整的故事，常常赚足我的眼泪。倒不是说故事本身有多吸引人，而是看电影这种方式，往往让我忘却当前的境遇，置身于一种理想的时空中。

尽管听朋友说《给朱丽叶的信》剧情很是老套，还是决定找来看。一幅别具风情的古典油画，以及一首温婉柔和的《You Got Me》，为这部电影奏响了浪漫序曲。

意大利维罗纳小镇，有一堵“罗密欧与朱丽叶”的许愿墙，凡是有关爱情的絮语，皆可写于其上。索菲与未婚夫来到此地，想要写下只言片语时，却意外地发现了压在石缝里的一封尘封了50年的信笺。

信笺的主人是一位50年前来到此地的英国姑娘，她与一位

热情的男子相识并相恋，并相约某一天两人要携手共度余生。然而，她没有勇气放下所拥有的一切，只得把那份爱恋藏在心里，自此之后再未与那位男子相见。就这样，他们各自结婚生子，消失在茫茫人海。

索菲未经思量便给她写了回信，唤醒了她的旧梦，与她一起开启了寻找真爱的旅程。

几乎每个人都害怕老去，头发花白，牙齿松动，药不离身，医院为家，甚至多活一秒都是奢侈，至于那偶尔在脑中迸现的梦想灵光，更是比流星消殒得还快。

这样的生活，恐怕是所有人的噩梦。即便有人腿脚灵快，耳聪目明，心灵怕也是日益变为断壁残垣。陪伴自己细数从前时光的人唯有自己，愿听自己唠叨那些前尘旧梦的人唯有自己，就连相信自己还有梦想的人，也只剩自己。

内心的孤独与寂寞，如同蠹虫一样侵蚀身心每一部位。此时，与其坐以待毙地等着死神前来索命，倒不如豁出去启动梦想按钮。

《写给朱丽叶的信》中，她已过花甲之年，如若不是收到那封跨越千山万水，字里行间满是鼓励的信笺，她定会蜷缩在角落，任衰老之后的孤独感与衰颓感，一寸寸吞噬自己所剩无几的尘世时光。

当她重拾勇气，决定走出家门，去梦开始的地方寻找旧日的恋人时，如水般流逝的时光终于不再残忍，积存在内心深处的遗憾也终于被温柔地原谅，老去也并不是那么可怕的事情。

想必你也想象过自己老去的样子吧。

脸上满是皱纹，肌肤不再紧致，令人艳羡的一头乌发变为银丝，尽管没人愿意听，自己依旧唠叨不停。

这些都无人幸免，但有人活得如一杯白开水，而有人则有本事过得如一杯颇有余味的咖啡。为何？是因前者无梦，后者有梦吗？恐怕不是。其中的分水岭，当是后者敢于拖着干瘪的身躯，踏上为饱满的梦想而活的旅途。至于最终实现与否，都不再重要。

老去之后，行动不便时，人们是为什么活下去？是为活得更长，是为眷恋与不舍，还是为最终的离开？

5位老人，平均年龄86岁，一位重听，一位癌症，三位有心脏病。相聚在一起时，餐桌上除却饭菜，还有往日好友的遗像。彼时，他们有两种选择，或是无所事事，把时间一滴滴耗尽；或是与所有人的思维逆向而行，做一次华丽的冒险。

既然无论怎样都逃不出死神的手掌，何不让那颗微弱的心脏，为想做却未能做的事而跳动；既然眼前的路越走越窄，何不调头换一条路试试。

于是，他们撕掉医生的诊断书，扔掉药丸与拐杖，高强度锻炼6个月后，开始了骑摩托环岛旅行。当他们骑到多年前常去的海边，举着妻子与朋友的遗照欢呼时，他们终于获得了命运给予的答案——

为梦而活。

后来，这段真实的故事，被搬上银屏，取名为《梦骑士》，让无论是握着青春尾巴的年轻人，还是身体机能逐渐退化的老年人，皆深受感动。我想，银屏前的我们更多的是震撼。

我们身边也有老人，他们也曾说过要去实现自己年轻时未实现的梦想，而我们则生怕他们中途发生意外，非但未给予任何支

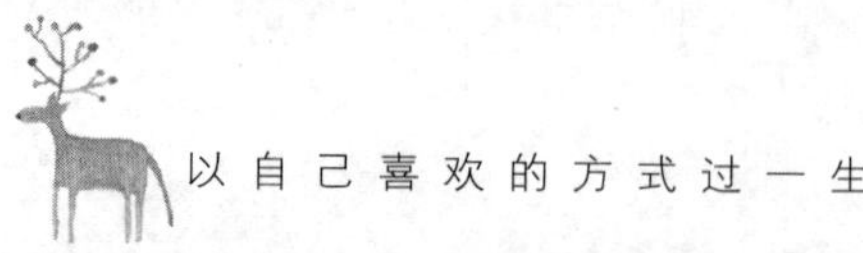

持，反而以千般恐吓、万般阻拦回应。

可是，你我也有老去那一天，那时手掌的纹路已然不可信，唯有借用手掌里的力量，才能够让人生最后的征程，不至于凉薄至荒芜。

所以，不要阻拦他们。即便死亡，也要死得有意义，有尊严。

不为遇见，只为远方

这一次，我想做一个任性的逃兵

顾小夏是我们这群姐妹当中最不安分的一个人。

她本是一家知名报社的编辑，本可安安静静地坐在开着冷气的办公室里敲键盘，轻轻松松地拿着固定工资，就算比不上那些开着豪车、住着豪宅的富二代，至少也是衣食无忧，让人羡慕。

但是，她偏偏要以编辑的身份去干记者的活。炎夏的正午，当单位所有人都在有空调的屋子里边吃饭边聊明星八卦时，她则扛着笨重的摄像机跑到三里屯的街上，报道一起连环撞车事件。午后三四点，同事们正无聊地浏览网页，看到顾小夏拖着疲惫的身子回来，则又立即强打起精神，凑到她面前，给她端茶倒水，向她嘘寒问暖，其目的不过是想从她那里得到报道消息。

顾小夏早已忘记午饭还未吃，打开电脑开始写报道。写好之后，又编辑校对这篇报道有无硬性错误。待一切无误之后，她便把文档打印出来，呈交给部门领导。

然而，领导最大的本领便是从鸡蛋里挑出骨头。不过5分钟的时间，顾小夏便被叫进领导办公室，被告知她所写的那篇报道并无特别之处，而且写报道所用的手法也太过时，不够吸人眼球。

顾小夏知道，一下午的辛劳又化为泡影。

然而，第二天印出的报纸上，她写的报道却占据新闻版的头条，而署名却是和领导有着暧昧关系的同事名字。

这样的事情，一而再再而三地发生。顾小夏一次次地闯进领导办公室，却总能被领导无厘头的理由给驳回去。而下一次她又嗅到新闻的气味时，她还是能不顾一切地去现场挖掘不一样的资讯。

每次我们一群姐妹为她打抱不平，她总是说："谁让我喜欢记者这个职业。"

更确切地说，她喜欢每一次冒险。

每月一次的选题会上，同事们提交的选题要么与当下混乱的娱乐圈有关，要么与富二代或官二代有关。而顾小夏提交的选题，总是与人性关怀有关，比如贫困山区的教育问题，重点古城的保护问题，墨脱、雅鲁藏布江的地势问题。

选题会上，领导很快给其他同事布置了相关任务。接到任务的同事，欢喜地回到自己的工位上。最终，会议间只剩下领导和顾小夏两个人。

领导清一清嗓子，对顾小夏说她提出的选题太大太难操作，即便花费精力做出来，也没有多少受众群，报纸的销量必然会受到影响。

领导说到这里，顿了一顿，而顾小夏已经猜到自己会接到女性化妆品，或是当季流行的露脐装这类选题。若她拒绝，那就只能去做编辑的工作，检查一篇篇文章的标点符号、错别字以及语法不通问题。所以，她只能接住领导抛下来的选题，而在私底下找自己所提选题的资料。

在同事眼中，顾小夏就是一个过分固执的疯子。

昨天晚上，看完一部恐怖电影，正好接近凌晨。电话铃声猛地响起，把我吓出一身冷汗。

看到是顾小夏的号码，我按下接听键就一通骂。要在平时，她定会血淋淋地骂回来，并且不带一个脏字。但这一次，她像个哑巴一样听我说完后，笑嘻嘻地问我："亲爱的，猜猜我在哪儿？"

"你除了在家里憋着写新闻稿，还能在哪儿！"很显然，我惊魂甫定，因而嘴巴变得狠毒。如果是在以前，我一定会假装说出几个让人匪夷所思的地方。

"错。我在伦敦的广场上喂鸽子啊。"

伦敦广场的风一定很大，所以顾小夏几乎是吼着对我说话。她的声音，从欧洲传到亚洲，让我觉得有一种龙卷风的味道。

直到那时，我才真正意识到顾小夏的"不安分"有怎样的魔力。她可以忍气吞声在一个地方长久地做下去，因为那里有她的梦想。她也可以随时乘坐任意一趟航班逃离这个满是淤泥的地方，只为了喂一喂鸽子，呼吸呼吸陌生城市的空气。

我在电话里让顾小夏给我寄明信片回来，她问我想让她在明信片上写什么。我说写什么都可以，只要明信片上有伦敦的盖戳就好。

我没有问她什么时候回来，因为她是一朵在空中飘浮的云。她不会把自己的行踪，轻易告诉任何人。

在顾小夏离开的那些日子，同事们的情绪由兴奋转为低落，而后又转为焦急。部门的领导亦是如此。

没有人愿意在暑天的时候满大街去找新闻，没有人写得出一篇有价值有深度的新闻报道，也没有人会像顾小夏那样认真地修改标点、检查错别字。

一个人的价值，最能体现在离开的时候。这句话说得一点儿都没错。如果不是离开，顾小夏永远都是同事们眼中的小丑。而她真正的存在价值，就只能在人们的无视中湮没无闻。

当顾小夏从伦敦回来，再次走进办公室时，同事们竟一个接一个向她嘘寒问暖，问她去了哪里，是不是身体不舒服，更有甚者请她去吃饭、看演唱会。她对人性洞若观火，知道同事的笼络是为日后进一步利用，却没有道破，反而和颜悦色地一一感谢。

然后，她拿着一封辞职信敲响了领导办公室的门。领导的门并没有上锁，说一声“进来”便可，但那一次领导离开办公桌，殷勤地为她打开门，并吩咐一名下属员工倒来一杯热水。顾小夏见怪不怪，不发一语地听着领导说为她升职，让她自行去做自己感兴趣的选题，凡是她写的报道都会放在显眼位置，且保证署上她的名字。

听完领导的话，顾小夏正好把那杯热水喝完。领导紧张地注视着她脸上的表情变化，以为刚刚说出的条件足以笼络她。然而，顾小夏偏偏不是一个能以常理判断的人。她仍旧拿出那封辞职信，整整齐齐地放到领导办公桌上，请他接受并签字。

领导显然有些急了，便做出保证，凡是顾小夏提出的条件，他都可以满足。

“谢谢您这几年的照顾，我想休息一段时间。”

“那休息过后，还会来上班吧？”领导抓住空子。

顾小夏没有回答。领导清楚留不住顾小夏，只好做一个顺水人情，说他可以介绍她到某日报工作，那里有他的大学同学。顾小夏再三感谢，却没有接受领导的好意。

她不想再那么累。生活的味道本来就是苦涩的，她想在苦中作乐。

顾小夏真的从淤泥一般的生活中逃走了。

她所有的行李，只是一个大布包。她停靠的第一站是云南。在洱海的一家客栈里，她做了一名服务员。半日打工，半日休息，薪水自然不高，但已足够支撑她游荡。休息的时间，她全都用来看山看水看人。

顾小夏穿当地的服饰，吃当地的特色饭菜。与所有的异乡者不同，她不是来旅行的，而是把自己完完全全当成一个本地人。世界这么大，哪里都是栖身之所。身在哪里，心也就该在哪里。

顾小夏的手机长时间关机，我没有办法主动联系她。听到她的声音时，往往总是在深夜。她的语气不再愤世嫉俗，不再气急败坏，她也不说自己生活如何，只是告诉我客栈里发生的有趣故事，以及她在附近游荡时看到的迷人风景。

我问她以后怎么保持联系，她半真半假地说："亲爱的，请让我消失得彻底一点。"

我像以前那样揶揄她："你以为你在演琼瑶剧，甩了霸道总裁还玩起消失。"

她的笑声比以前爽朗得多，应该就像云南那边清澈的夜空一样。

以后，顾小夏又去了敦煌，去了青海湖，沿着青藏线去了西藏。之后，她又到了柬埔寨，在东南亚一带过着打工与流浪相交织的日子。

从她发给我的照片来看，她变瘦了，也变黑了。但是，她的脸上多了发自肺腑的笑容。那种笑容，我知道是假装不出来的。

有一天晚上，她给我打来电话，对我说她已经攒够了钱，也抢到了特价机票，她要马上飞往欧洲了。

“又去伦敦喂鸽子吗？”我心里佩服她的勇气，嘴上却不饶她。

事实上，她没有去伦敦。

她去了土耳其，坐上热气球俯瞰为生活奔忙的整个国家；她去了希腊的圣托里尼岛，在那片把全世界的蓝色都用尽的地方痴坐了3天，读完了一本外国原著；她去了罗马，在广场上吃着冰激凌听当年斗兽的呼喊声；她还去了捷克，站在人群中听流浪歌手一首接一首唱歌。

她说，一个人到处乱逛，更容易听清自己的心跳，更容易把旅行命名为逃跑。

顾小夏重新回到北京这座人满为患的城市，已经是两年之后。

在这两年的时间里，我一直写永远没有完结的稿件。其他姐妹也在各自的单位里，重复做着相同的工作。还有一个大学同学，她读完研究生，又考上博士，一直羡慕我们拥有宽广的世界，始终抱怨自己的生活太无聊太枯燥，也想迈出校门接触新鲜事物，但她从来没有勇气跨出那座围城。最终，她在博士毕业后，又考取公务员，在事业单位做着千篇一律的工作。她从来不知道外面的世界有多精彩。

只有顾小夏一个人，敢于公然挑战既定的生活规则。当初任性地把琐碎糟糕的世界甩在身后，如今背着一个布包回归，身上衣衫褴褛，心中充盈饱满，色彩斑斓。

她把自己定义为一个逃兵，而我们将她视为凯旋的将士。

两年的时间里，我收到了来自世界各地的明信片，署名都是顾小夏。

那些明信片上有时是随兴而起的只言片语，有时是描述一个地方的人情与风光，有时则是摘抄一段外国小诗。每一张都令我动容，因为它们是顾小夏真切走过的痕迹，但我把这些明信片都放到了一个不常打开的盒子里。

唯有顾小夏去伦敦喂鸽子那次寄来的明信片，被我当成了书签。每次看书时，都会看到明信片后面写的字：

做了那么多年的战士，这一次，我想做一个任性的逃兵。

你真的成了世界的路人，路过各地不停留

你最爱去的地方，就是咖啡馆。

提着一台轻薄的电脑，在最安静的座位上，一坐就是一整天。

你不看窗外穿梭不停的车辆和人流，也不关心咖啡馆里都坐着谁。你只是沉浸在自己的世界里，喝凉掉的咖啡，后期处理在世界各地拍摄的图片。

你在世界各地奔走，流浪，却始终觉得自己与世隔绝。

在你看来，人与人之间永远无法沟通，所谓的理解不过是自以为是的理解。

所以，你在别人眼中，是那么高傲冷漠，不可接近。

5岁的时候，航海的父亲给你带回来一只木船模型，三层高。

你问父亲，这只船是不是可以带你去任何想去的地方。

父亲郑重其事地点点头，问你想去哪里。你回答说，很远的

地方。

父亲只当你是个孩子，他以为你所说的很远的地方，不过是外婆家。而你似乎已经当真，要坐着这只木船去远方。虽然，你并不知道远方的风光，是不是你想看的。你只是单纯被远方吸引。

在幼儿园里，老师问你，收到的最好的礼物是什么。你回答说，木船。

10岁的时候，同班同学放学后，总会成群结伴跑到学校外的溪边玩水，而你总是自愿落单。

你习惯沉默寡言，在自己的屋里画画。墙壁上贴满你有些幼稚的画作，你甚至请求母亲把那张画着木船的画用玻璃框裱起来。

你慢慢长大，木船却没有随你一起变大变高。但你并不悲伤，而是在纸上画了一张很大的木船。你为它上了色彩，那是大海的颜色，蓝得透明。

母亲说，木船不应该是这样的颜色，如果它在大海里迷失方向，就不容易被搜寻到。你并没有反驳母亲，但你在想，木船本就属于大海。

父母与老师都很担心你，害怕你患忧郁症。你不去理会，只是在自己的小世界里自顾自地探险。

15岁的时候，你已经上初中，功课中等偏上，老师一再鼓励你，再努力一些，就有望考上重点高中。

你并不逼迫自己，而是以令自己舒服的速度向前走着。毕竟，你并不把考第一当作人生目标，你也并不认为考第一就能过上自己想要的生活。

你最喜欢的课程是地理。经线、纬线、时区，你一点即通。四大洋分布在哪里，五大洲的风俗人情如何，法国巴黎和中国北京相差几个小时，你一清二楚。

老师让你传授学地理的秘诀，你站在讲台上不知如何应对同学们热切的目光。踌躇许久，你终于简单而吞吐地说道，只要有兴趣就能学好。

这是你的信仰，做自己喜欢的事情，并将其做到最好。

20岁的时候，你暗恋一个女孩已经两年，但你知道那个女孩有喜欢的人。

你读过很多书，书中告诉你，暗恋是一个人的事情。如果你爱她多过她爱你，最好的办法就是不让她知道。

你一直秉持这条原则，远远地观看，远远地守候。在这期间，你终于明白，爱情不止一种滋味。被丘比特用箭射中的时候，你最真切的感受是疼痛。

你曾想把这个秘密说给树洞听，但你总感觉秘密会在秋季随着树叶飞到每个角落。与其如此，你觉得倒不如说给她听。因为已经预知结果，你格外平静坦荡。

你对她说，我喜欢你，但祝愿你得到自己想要的幸福。她感动得落泪，你觉得这已是最好的回馈。

你们没有在一起，但你自此懂得了爱情。

25岁的时候，你辞去写字楼里薪水诱人的工作，用银行卡里存下来的钱买了一个单反，决定做一个自由游走的背包客。

你说，任何人都是这个世界的过客。如若真正想做一名过客，首先要路过。

你打通家里的电话，对父母说抱歉。父母虽感到无奈与担心，却没有强加阻止。

你庆幸有这样开明的父母，让你的生命独属于你自己。

在收拾行李的时候，你看到桌上那只木船，只有拳头般大小。你小心翼翼地擦去上面的灰尘，把它装进背包里。

火车启动那一刻，你轻轻对前面未知的世界说：好久不见。

30岁的时候，你已经游历过很多国家。柬埔寨的吴哥窟、尼泊尔的佛龛、日本的东京塔、法国的小镇尼斯、意大利的玻璃岛、澳大利亚的新西兰、非洲的肯尼亚、靠近北极圈的冰岛，都在你的单反中留下过印记。

你将图片背后的故事用简单的文字记录下来，与这些图片一起寄给摄影杂志社。

杂志社毫不犹豫将其出版，付给你高额的稿酬。你并未想到，你的摄影图片一经出版便在摄影界掀起轩然大波。

媒体记者通过出版社联络到你，要求对你进行采访。你并不想自己的生活节奏被打乱，因而果断拒绝。记者并不放弃，一再以更好的条件交易，你只能换掉电话号码。

在你看来，这并不是孤傲。

与世界交流的方式有很多种，有人擅长哗众取宠，有人擅长豪取钱财。而一直行走，并把看到的美景拍摄下来，是你最擅长的方式。

35岁的时候，你接到父亲的电话，得知母亲病危。

那时，你正在美国一号公路上自驾。那条路那么长，路两边的云彩毫不留情地压下来。你用力踩下油门，奋力向前奔驰，把前面的风狠狠甩在身后。但你知道没用，路永远没有尽头，而人的生命可随时燃尽。

坐了十几个小时的飞机，你带着那只木船回到家。家乡的一切似乎都没改变，但退休的父亲已经老得不成样子。

你和父亲坐在母亲坟前的空地上，说这些年芝麻大小的事情。父亲的右手夹着一支烟，却一口也没吸。

他知道你还会走，虽然不舍，却没有阻拦。你也知道自己还会走，虽然心里有愧意，却没有留下。

在离开的那一天，父亲说，该成家了。你说这种事情要看缘分。

你们都没有让对方看到自己的眼泪。

40岁的时候，你在摄影界更有名望，甚至在荷兰办了一场摄影展。

前去观看的人，多数是来自世界各地的行家，以及一些中国的留学生。他们都向你要名片，你摊摊手，表示这些摄影图片就是你的名片。

你真的成了世界的路人，路过世界各地却不停留。

但你并未想到，有人会在你最不设防的时候，突然闯进你的生命。

那时你在攀登阿尔卑斯山，山上大雾弥漫，漫漶不清。你以为那天你独自一人，但后面有一个女人一直追随你的脚步。

天气忽变，下起大雪。你始料未及，却不得不紧急应对。跟随在你身后的女人，显然比你更懂得如何处理此种情况。

她是那么沉着，那么冷静。在最接近死亡的时刻，惯于漂泊的你忽然渴望身边有一个爱人，有一个家。

一夜的呼啸之后，风雪终于过去。你和她都不曾想到，会再次迎来黎明。在那一刻，你们紧紧拥抱在一起。

45岁的时候，你的女儿3岁。在她生日那天，你把珍藏着的那只木船送给了她。

你很少远行，拍摄的对象由流动的风景变成静默着的物品。

一只碗，一把木椅，一片叶子，一片空地，一架古老的缝纫机，都是你灵感的来源。摄影界的行家纷纷说你的摄影风格有所改变，你笑而不语。

看世界的角度发生变化，创作出来的作品自然有所不同。

50岁的时候，你忽然觉得自己老了。

前面的路若隐若现，不知是平坦还是崎岖。

妻子坐在你身旁，轻轻握住你的手。女儿放学回家，把刚学到的一支歌唱给你们听。

你想，即便现在去世，也没有遗憾。

回望这一生，你满心感激，感激岁月给了你太多惊喜。

高冷是你的外表，温暖常驻你的内心。

过去的时光都变成了往事，未来的时间还在你手中。或遇晴日，或遇风暴，你皆能平心静气地面对。

时间风驰电掣，世界沧海桑田，唯独你守护着微小的幸福，和最爱的人一起虚度时日。

时间不能治愈的，让旅行去解决

有家我很爱去的24小时书店，除了有免费阅读区，还有一大特色是墙上贴着各种各样的故事贴。跟大多数奶茶店墙上贴的告白贴不一样，这里每一张纸上都是一个故事。大多跟无法排解的烦恼有关。

比如——

“三四年前，在一家小公司上班，工资低又总挨老板训，辞了职出来开了家精品店，生意一直平平淡淡，日子也索然无味，逮着个人就开始大吐苦水，特别是男朋友，当了我很久的垃圾桶，现在想起来还觉得有点对不起他。后来他受不了跑掉了，我心情更郁结了，随后我的身体也出现问题，切掉一个卵巢后，母亲的白内障也犯了，我强撑着身体的不适照顾母亲，人生好像到了谷底，我似乎得了忧郁症。”

还有这样的——

“还没拿到毕业证，工作也只能拿实习工资，一天40块，还不如我下班以后在餐馆收拾碗筷赚的钱多。那家餐馆盘子都大，一不小心砸碎了一两个，那天就算白干了。我不想待在这里了，过年回老家可能就不打算再来了。以前计划是50岁再回老家，开个小诊所，我爸是市中医院退休的老医生，最近去世了，我也是学医的，我想把他的诊所开下去。”

我有个朋友，在二线城市一个人们艳羡的“油水衙门”当公务员，月工资据她透露，比我们这些挣扎在一线城市平均线上的，多了不止一倍。

这样的单位，当然不是喝喝茶看看报就能下班的地方，她也累，好几次晚上快12点才离开单位，她曾笑言，她是他们单位的“灯塔”，她办公室熄了灯，单位的灯才算全灭了。

她的年假很少，但是都攒着去旅行。有时候跟最好的闺密去，更多的时候是自己一个人踏上行程，没有一次是和男朋友一起。

我问过她为什么，她说，别人的时间总是很难对得上，有时候很累很压抑，就特别想马上找个别的地方放松一下，不用照顾熟悉的人的情绪，或许还能在旅途中交上一两个合拍的朋友。

“你知道，能够一起旅行的，要多默契才能不‘友尽’。”她摊手说道。

刚开始，她去一些比较悠闲舒适的地方，比如厦门，在海边踩细沙，听海浪声，到鼓浪屿喂猫，去那些文艺的店铺挑明信片、喝下午茶；或者在丽江，晚上去不同的酒吧喝到不醉不归，白天睡到中午起床，小街小巷都还没什么人，下午坐在小院晒太阳，过一段不紧不慢的时光；春风拂面的时候到江南走走，听琵琶，喝龙井。

如果旅行只是放松，那么就失去了大部分的意义。有一天，我拍了张印有“上班不如种田”字样的搪瓷杯子上传到微博，配文是：下班前1个小时的心情如下。她给我留言：早就是这样了。

“从前以为，旅行的意义就在于给工作减压，回来以后才能有勇气继续为柴米油盐奋斗，后来，每次回来没多久又开始厌倦工作和生活，而且，那种旨在放松的旅行能够治愈的时间越来越短，反而让人产生许多不切实际的幻觉。”她告诉我。

后来，她去了西藏。在出发前，她就想好，不是为了“洗涤灵魂沐浴身心”这种假文艺借口，也不再只是抱着“休息一段时间”的目的。她想走更远的地方，想看清楚除了美景，旅行还能带给她什么。

在那根拉山口海拔5190米的地方，她喘气已经非常困难。她张开大口吸气，鼻腔尽量缓慢地呼气。

从来没有一次旅行这么费力过，当她终于到达俯瞰纳木错的制高点，看到碧蓝得仿佛调到了最高饱和度的湖水，在洁白得一尘不染的雪山下静静躺着的时候，她说，突然明白了康德所说的，人的意识和整个外部世界，以及它们所构成的一切经验与一切事实，都完全从脚下扫除干净了。

我们有什么可依附或坚持的东西？工作？薪水？不得不拿出时间和精力维持的社交？不，这些都不是我们精神的支柱，而恰恰是这些东西，让我们无处安放的灵魂和梦想日日在空中游荡。

为外部活得久了，容忍曲线就容易走低，领导满意你的工作，同事们都还挺喜欢你，薪水加得频繁，生活到这里，肯定还不错，根本无法解释内心充满厌倦的原因所在。

人可以凭借自己的努力和毅力去达到某个高度，但是有些东西，是无法靠自己去完成自我掌控的，比如性格。

性格之于每个人，不是依附着随心所欲形成的东西，而是有另外一套意志力支撑的小铁人，在我们不断地塑造“它”的时候，也是在用个人意志、理性和同情心去和我们的自私、懦弱、傲慢做斗争，这一过程，我们没法自己完成，必须要通过外部援助。

有一天她告诉我，她也去过那家24小时书店，也喜欢那些墙上的故事贴，但她更喜欢去翻看那些关于个人旅行的足迹故事——

1

“我去过最远的地方是非洲，正如我们普通人的印象中西藏是强光、干燥和飞沙走石，非洲之前在我的印象里是沙漠、骆驼、烈日和黑人。当然，网上也有许多人揭露在非洲工作是多么‘非人’的生活，我没有亲身经历，只是作为一个游客，我感觉还不错。遇到过一个当地司机，50多岁的样子，他载我们去了很多地方，每到一地都兴致昂扬地介绍当地的风光，我们问他，总是重复这样的路线不会厌烦吗？他说，你们不知道我做这份工作有多开心，天天都和大自然打交道，每一次再到之前去过的地方，总能发现一些不同的景致。‘人生处处都是惊喜，还有更好的生活吗？’他这样说。”

2

“去年年底，我结束了研究生考试，为这次考试，我耗尽了所有的精力和期望去复习，不敢想象如果落榜了会怎样，或许会直接去找工作吧。在那之前，我想计划一次旅行，就当作奖励自己那场旷日持久的战斗。

“订了去香港的机票，但是临时航空公司给我打电话，说系统出错，那趟航班其实早就满员，我只好飞去了大理。古城、桃溪谷、沙溪、双廊、诺邓，我从来没有见过这么美的地方。

“我住的小旅馆，有点破，有点挤，但住的都是天南地北的年轻人，我还做了一小段时间的义工，为的是遇见更多不一样的朋友，听更多在家听不到的故事。那段时光，无论天地山川，还是相关的无关的人，都在回应给我正能量。我打定主意，回去以后，如果没考上，我就再考一年，绝不为失败而仓促地去选择一份不喜欢的工作，学术才是我最想走的道路。”

3

“自从打定主意要离职，就没等到年末，反正我们公司也没年终奖。大年三十，我在越南河内的火车上度过，车厢里哐当哐当响着的，都是破落的孤寂。下了车，路上的摩托车流汹涌如蝗虫，两旁是五光十色的店铺，女孩子最喜欢了，但是又怕被宰被骗，在火车站口东张西望，瞅见俩差不多年龄的姑娘，上前一问，嘿，果然是中国人，于是决定结伴同行。

“我们在热火朝天的食肆里，和那些裸露着膀子的男人们一样，随便坐在路边，吃烧烤，喝冷饮，吃粉。有种叫‘蘸酱鱼露’的调味料，闻起来又腥又臭，我们捏着鼻子蘸了送入口，舌尖却萦绕着一股说不出的鲜美。因为那碗鱼露，我们每个人都吃了好几碗海鲜。因为计划的旅程不同，我和那俩女孩第二天就分道扬镳了，她俩走时还给我打车的11万越南盾，说真的我都差点忘了。”

4

“我和老婆打算国庆节骑行去山东烟台玩，从北京出发，沿着国道省道，全程750公里，计划4天完成。当时想的是，吹着海风，奔跑在宽敞平坦的马路上，身边还有最爱的人，实在是件很享受的事。

“第一天确实很兴奋，看到了天津漂亮的白塔，圆锥体造型的旗杆，不过体力消耗太大，晚上睡觉的时候疼得不敢翻身。第二天早上顶着三四级风骑了大半天，两旁都是海，感觉在海中间骑行，一路有海鸥相伴，下午骑进了一条笔直的路，原先设想的那种公路上骑行的自由畅快感觉只有一小会儿，很快会感觉到意志受到严峻考验，因为骑了很久，你眼前始终还是这条直直的公路，甚至路边的树都长得一模一样，很让人崩溃。

“最令人感慨的是在东营看到的黄河入海口，以前在兰州见到的黄河，因为是源头，水量很少，这里就不一样，入海口处黄河骤然变宽，真有种语文课本中说的‘奔流到海不复回’的气势。最后快要到达的时候，屁股磨出了硬结，用如坐针毡来形容一点都不过分，但是不敢停下来，怕再次骑上去会更痛苦。

“这是以前我想都不敢想的事情，现在我做到了，而且此行让我们夫妻的感情更好了，半路上我右腿肌肉其实已经拉伤，钻心地疼，那段夜路是老婆在前面打了很长一段路程的前阵，我盯着她的小小红色青蛙灯，知道必须坚持下去，那就是我的动力。”

旅行的真正意义是什么呢？

你不断遇见未知的事物、未知的困难、未知的人，这些都将不断地观照你的内心，你的缺陷会在不断被冲击中放至最大，你无法再像平静生活里那样自欺欺人。那些事，那些人，或许会给你片刻欢愉，给你自由的感觉，但最重要的是丰富你的个性，回来的时候，不会依然故我。

时间不能治愈的，让旅行去解决。

以前看过一档韩国TVN电视台播出的电视剧，叫作《一起吃饭吧》，片尾那首题为《饭》的诗很让人动容，容我稍微改动一下作为收尾：

与其因为孤单吃很多饭，因为厌倦睡很多觉，因为悲伤哭得很多，不如出去走走，看看有没有更好的解决办法，反正人生都是要由你自己来消化的。

在蓝格子桌布上享受午餐，尽情撒盐

中午12点，我来到全家便利店，拿起一份已经热好的快餐饭盒，扫码付款，在二楼找个位置坐下，开始边刷朋友圈边吃饭。

不出意料，卓珩又开始刷屏了。算了下，美国那边的时间应该是晚上11点，他一定是又暴走一天然后兴奋得睡不着，来虐我们这种“上班狗”了。

仔细看了下，全是照片，波音飞行器博物馆、像教堂一样的中央火车站、在单轨列车站里的机器人指示标识、教演化论的教会大学……最好玩的是，家里摆满各种别致小物点缀，十分有品位的邻居家，在吧台上贴着毛主席画像。

最新的一条朋友圈，是9张风景图，有全玻璃幕墙的建筑，幕墙上倒映出来的云彩呈现出绚丽无比的奇观，姹紫嫣红，斑驳陆离；有飞过帝国大厦的海鸥和私人小飞机；有直插云霄的洛可可风格柱子；有紫红色的塔吊、漆红色的邮局和白色的萨摩耶犬。最吸引眼球的并不是这些，而是，蓝天。

蓝天蓝到什么程度呢？

卓珩跟我说，曾经他在南方某个人烟稀少的海岛，坐在躺椅上闭着眼睛听海声，感受海风穿过身体，沉沉睡去，醒来像是充满电一样，浑身都充满力量，就是看到那种蓝的感觉：深邃、纯净、醉人，像是有着极大的能量将你的眼睛、身心吸引，一点都不夸张。

“早上8点从城郊到市中心的列车，不用定位子，就算乘客密度达到最高峰，车厢里才坐了不到1/2的人。”

“很惊讶，这里的鸡蛋居然是受精的。莫非是小农场出产？然则小农场如何保证低价？”

“镇政府和警察局边上的滑板公园，没有人讨薪，也几乎没人玩，但饮用水还是一直供应，真浪费。”

“专为健步者和自行车锻炼者修的10公里长的道路，机动车不许进入，很安静，景色漂亮。所以，美国的大妈不跳广场舞。”

“把学生送到家的校车，无所谓什么车站，要停就停。上下学生的时候前后的灯亮，边上的车必须停。”

“塞斯纳这么安静。当然可能和森林的吸音作用有关，几乎注意不到。”

“美国群众热爱装饰后院，其实是有着强大的物质基础的。花店普及，种植容易，工业化和商业化程度高，一分钟移栽。”

“后院灰松鼠，名字叫Itchy，喂它花生。另一种红松鼠不近人。”

“维港唐人街大门及好吃的中餐馆，老板人超好，中国人以及当地印第安人首领都喜欢他。”

……

我几乎能感受到手机屏幕另一端的卓珩，轻松又快乐地按下这些字。

37岁、未婚、无女友、无房、出版社编辑，简单几个词，你应该可以明白卓珩生存在上海这座城市的压力。

卓珩喜欢游泳，我们建议他留意下身材好的姑娘，直接上前搭讪。卓珩就腼腆地摆摆手："我哪敢上前，就算过去了，我肯定也紧张得说不出话来。"

卓珩是工作狂，经常晚上10点还在办公室编稿，我们建议他把握好机会，拿下社里新来的那个年轻美编，他轻描淡写地说："人家是90后，跟咱没共同话题，而且你们看看她做的设计，根本上不了台面，我要跟她在一起，肯定天天生气。"

我们撺掇朋友给卓珩介绍相亲对象，刚开始他还很积极，去之前都好好梳理打扮一番，还各种征求我们的意见，后来他索性不去了，再问，就说："每个人一见面就问家里经济情况，我不想再去丢这个脸……"

再后来大家也就不积极替他操心了，见面就调侃他："什么时候出柜？"

卓珩心态倒也还好，除了因为自己经济能力不好而在找对象这件事上自卑，简直是健康生活的模板：定期健身，早睡早起，不酗酒不抽烟，按照食谱定量投喂自己。

人也踏实靠谱，社长一直都很欣赏他，无奈出版社工资实在有限，就算升了一点小职，也只不过奖金多了几百块钱，生活还得紧着指缝过。

这样一个生活、工作都中规中矩的人，怎么就突发奇想要请3个月的假，到美国自费度假呢？我问他，领导肯放你走那么久？卓珩"哼"了一声："我给他把杂志做到4个月之后了，还不要一分钱工资，他其实是赚了！"

"那，你为什么想要去美国玩那么久？"

卓珩沉默了一会儿，说："有一天，我加完班，一看时间还比较早，就想赶紧回家做点翻译兼职，补点家用。晚上9点半的地铁，小学四年级的小朋友趴在大大的书包上做数学口算题，穿西装的年轻人抱着电脑包倚在柱子上打盹，随着车晃动而东倒西歪，扎着马尾穿着不合年龄套装的女孩一手抓着吊环一手抓着手机背单词。”

我突然明白了卓珩的意思。

这个城市，每个人都很努力，你也很努力，但是你努力的方向是什么？有人为了赚钱养家，有人为了升职加薪，有人为了享受生活，有人为了摆脱贫困，有人为了爱情……

“有人什么都不知道，就像我。”卓珩叹了口气，“买房？不够。娶媳妇？娶不起。买车？有代步就够了。我有一笔钱，但是又不太多，算了下，朋友提供住宿，节省点，3个月的花费其实和国内旅游差不多。这单位也待够了，不如出去走走。”

故事里说，龙猫大吼一声，软软萌萌大眼睛的猫车就会缓缓开过来。坐上猫车，我们就能抵达内心想去的地方，它眼睛如炬，可以照亮前路的迷雾。

卓珩心里的那声叫唤，大概来自某个艳阳天的下午，看稿看得眼睛发酸，伸个懒腰望向窗外，刚好一队小学生经过，有说有笑，又唱又跳，像是去春游的路上。突然，一个穿校服的小女孩仰着头指着天大喊：“快看，天好蓝啊！”

路上所有人都停下来，望向天空，孩子们认真地张大嘴巴，眼里闪着兴奋的光芒。时间仿佛在那一瞬间停止了流动，卓珩也抬起头看了看，不知怎么想起了美国小说家詹姆斯·索特在《光年》中的句子：

“人生如天气，有阴有晴，人生如飨宴，在蓝格子桌布上大享午餐，尽情撒盐。”

在很小的时候，我们也像那些未谙世事的孩子一样，被这世上的美景轻易打动。而当我们逐渐长大，吃饭是敷衍的事情，工作是敷衍的事情，连生活，也带上了几分敷衍的意味。

世界那么大，想不想去看看?

有阵子，网上流行一个段子，你花一个厨房的钱，就可以把世界周游一圈了。但是立马有反对派跳出来：回来还不是要照样面对房贷车贷、被繁重的工作压得喘不过气？有句话说得好，钱包那么小，哪都去不了。

我仍然觉得，既然生活不如意，那不妨先弃它而去，不管回来后生活是否还是充满着各种压力，但是肯定和之前不一样。你一定不再以为，自己一辈子就只能窝在那个角落了，你因此学会了如何调节自己那些糟情绪，你开始可以在工作之外花时间照料自己，你知道了生活居然有那么多种可能性，而你都可以去试试。

你的梦想都不一样了。

你蘸点盐，就能在蓝天这块大桌布上大快朵颐。而这个世界，大得随处都是自由。

精彩，是土地赠予那双34码的脚的礼物

夏落落拿着两罐啤酒把我叫到顶楼，夜晚的风吹起来很舒服，她的影子被灯光反射得高大修长，像是不会倒下的巨人。可是，真正站在我面前的夏落落是一个身高连一米五都不到的姑娘，穿34码的鞋。

夏落落是人潮中最不显眼的那种姑娘，相貌普通，个子小小的，像没长开的初中生，但好在成绩优异、性格乖巧，所以一直以来也算是顺风顺水。可是，从来没有喝过酒的她却喝完了一整罐啤酒跟我说她要走。

我听说过网上炒得很热的说走就走的旅行，被过分渲染的灵魂的救赎，一条朝圣之路，可是在我看来，做出这个决定的可以是任何人，却不是夏落落。

夏落落的成长像温室中最精心培育的花卉，承载了太多希望，所以需要更多的呵护。她一路走来，读最好的学校，取得最好的成绩，毕业以后找到顺遂心意的工作，听说最近准备在家里的安排下进行几次相亲，找一个门当户对的男人，过安稳顺遂的一生。

所以，辞掉工作准备离开的夏落落在我看来不过是乖乖女的一次心理叛逆罢了。

夏落落太身在福中不知福了，拥有着许多人羡慕并且渴求的一切，却偏偏不知足。

可是，她认真地对我说："我没有矫情，也不是文艺，我只是想趁着我还走得动，眼睛还明亮，看看这个听说很美的世界是什么样的。"

原来每个人都羡慕的，不一定就是好的。

在所有人的惊诧和不解中，夏落落收拾收拾包袱就走了。走之前，她把个性签名改成了"路再长，也长不过34码的脚步"。

土地给了她力量。

夏落落隔段时间就会给我发一些图片，我觉得她变美了，以前的她躲在身边的人为她筑起的保护罩里弱不禁风，像我们现在看到的很多姑娘那样。

她们化精致的妆，厚厚的粉下面是表情僵硬的脸，她们在世俗的大流里自认为美好地活着，朝九晚五，讨好上司，和同事钩心斗角，她们不知道名著的作者和祖国的山河，但是她们总是能一眼识别女同事的衣服来自哪个百货市场，她们穿着高跟鞋游走在尘世间，爱情是手里的车钥匙和房产证。

可是，夏落落变得不一样了，她在尼罗河被晒黑了许多，不再化妆，却在阳光下笑得一脸灿烂，以前的夏落落喜欢买很高的高跟鞋来弥补身高的不足，可是她好像已经不再自卑，因为她穿着帆布鞋站在一堆高个子朋友间也显得很出众。

土地让人觉得有安全感。

夏落落带着她34码的脚步丈量着这个世界。

她说自己看到了这个世界的一部分，它们让人喜爱也让人憎恶，她围着篝火和一群陌生的人跳舞，吃最鲜嫩的羊肉，她说那是最原始的滋味和快乐，比起在昂贵的西餐厅里吃牛排多了生命的本真。

我大概相信了她。

因为看多了周围的虚与委蛇，她的笑容很快乐。

最近，夏落落在鄱阳湖观鸟的时候邂逅了来自英国的他，一米九的大汉旁边依偎着一脸甜蜜的夏落落。她在邮件里邀请我去参加她的婚礼，居然是在山顶上举行。

这个温室里开放的花朵，在土地上扎根，长成了大树，并且即将变得更加强大。

当初夏落落带上行李选择离开的时候，几乎遭到所有人的反对，甚至连她认为亲密的我也是嗤之以鼻。不过好在她有足够的勇气和毅力。

我们总是对安稳的现状存在不切实际的幻想，一边渴望独一无二不可复制的精彩人生，一边苦苦追求寻觅的却也是自己最嗤之以鼻的东西。我从来不认为夏落落是个文艺的女青年，她不会写诗也不会弹吉他。

有些人穿着长裙子以为去一次古镇就是找到了灵魂。

却不知道精彩是土地赠予那双光着的34码的脚的礼物。

祝福夏落落。

陌生的地方，总能遇到陌生人的善意

有位朋友，平日里一派淑女气质，笑不露齿，坐不露膝，但一坐进爱车，握住方向盘，立刻人格转换。音响开到最大音量，低音炮轰着，她跟着音乐且歌且舞，很投入，摇头晃脑，鬼哭狼嚎。

一次她开着车窗，旁边车道过来一辆车和她的车并行，司机是个帅哥，一直看她。恰好一曲终了，她一扭头，发觉有个帅哥在看她，回想刚才不雅的形象，不禁脸红。谁知那帅哥咧嘴一笑，冲她竖起了大拇指。

她大受感动，连忙也竖起大拇指，回他一个灿烂笑容。

后来，她一提起这事就开心得不得了，感叹陌生人赠予的欢喜和感动，让人心里好温暖。

温暖的感觉，我们都体会过。

爱情的温暖——

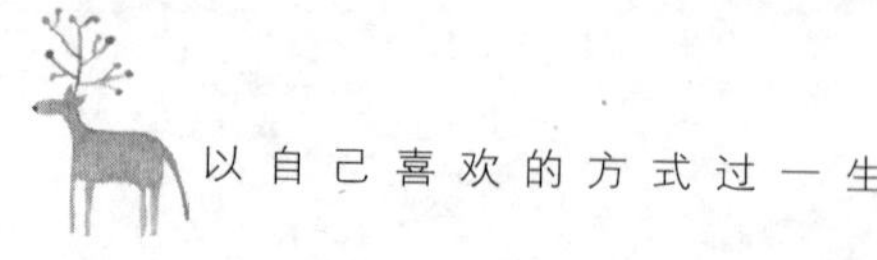

他还是个穷小子时，曾经坐15小时硬座跋山涉水来你的城市看你，让你心尖尖都是暖的；

他忙工作忙到昏天黑地，忘记了你的生日，却在记起来后，深夜零点跑来敲你的门，气喘吁吁给你一个大大的拥抱，让你心里暖融融，忘记了之前的生气懊恼。

亲情的温暖——

他们是生你养你的人，是你最爱的人。在外面，你披着长发，穿长裙，吃饭只吃一点点，行走坐立，优雅矜持、高贵冷艳，回了家面对他们，你却只扎个乱七八糟的马尾，露出大脑门，成天歪在沙发上没个正形，吃饭狼吞虎咽，大笑起来没心没肺。

在这冷酷的世间奋斗拼杀，他们永远是你的退路，是永远温暖你的所在。

还有友情的温暖——

她是你从小到大的死党，你们一起疯一起笑一起闹，后来又一起聊理想聊成长聊八卦聊爱情。

在你受伤受苦的时候，你对父母报喜不报忧，却只在她温暖的怀里撕心裂肺地痛哭。

……

我们都会和这世间的一些人建立起亲密关系，和他们花很长时间相处。付出，也索取，在这些关系里收获最深的幸福，也受到最深的伤害。

而和陌生人之间的关系，完全是另一种。

与幸福无关，与伤害无关，只与刹那的温暖有关。

沁子第一次去欧洲旅行时，曾与陌生人有一段奇遇。

这个已为人母的女人，是某文化公司掌门人，平日和所有都市白领一样忙于工作，同时照顾丈夫和儿子。家庭事业两不误，已是很大能耐，而她还能兼顾人生最大的爱好——旅行。她曾在自己的微信公众号上慷慨：“所有的浪漫都抵不过一张特价机票。”

去欧洲旅行时，她带着儿子一起。母子二人从德国的德累斯顿坐火车到捷克的布拉格。预订的酒店就在中央火车站附近，下了火车就能抵达。可是，因为对路途和地名不熟，她带着儿子下错了站。

他们拖着行李转来转去找不到酒店，又不会说捷克语，问路也听不懂。再加上当时还下着雨，她和儿子又冷又饿，只好返回火车站餐厅。在餐厅，遇到一个20多岁的小伙子。小伙子知道她要去的酒店，但他不会说英语，只打了个手势让他们跟着他走。

来之前，朋友曾告诉她，欧洲小偷很多，要小心提防。但此时，面对一个陌生人的帮助，她没有其他选择，只能全然地信任他。

小伙子带着他俩去坐地铁，最终抵达了中央火车站。

将他们送到酒店门口后，小伙子什么也没说，挥挥手就走了。

当时觉得理所当然，但她事后回想，有一个人，不求回报地去帮助来自异国的陌生人，而她，无条件地去信任一个素未谋面、语言不通的人，这种感觉相当奇妙。

后来她一直忘不掉，那个陌生的捷克小伙子曾经在布拉格的冷雨里带给他的温暖。

在《欲望号街车》里，费雯丽有一句经典台词：“我总是依靠陌生人的善意。”活在大千世界上的你我，莫不如此。

美国某个大学的学生做过一个恶作剧视频，在YouTube上点击率很高。这个恶作剧相当简单，他们为一个长发的女生化了个极其恐怖的妆容，然后让她坐在路边一张长椅上，把脸埋在手臂里，弯下腰，蜷缩起身体，装作很不舒服的样子。等路人关切地来询问她时，她就猛地抬起头，吓得人屁滚尿流地逃跑。

大概化妆师技术太厉害，每个路人都吓得哇哇大叫，连滚带爬，一副大白天见鬼的惊悚表情。

拍这段视频的人是为了恶作剧，看视频的人也是为了看路人出糗的样子取个乐。我却被这个短短的视频感动了，因为我从中看到的是陌生人毫不做作的善意。

在那段视频里，经过的路人，无论男女老少，高矮胖瘦，无论是一个人独行，还是好几个人结伴而行，无一例外，只要看到了长椅上那个蜷缩身体的女孩，所有人都会上前关切地问她需不需要帮助。

来自陌生人的坦荡善意，真是让人看了就心生温暖。

一直以来被教会的，是防备陌生人。儿童时代，爸妈说不要给陌生人开门，不要吃陌生人给的食物；长大后，警察说走在街上可疑的陌生人接触你时要提高警惕；去旅行，所有人都告诉你不要轻信陌生人。也时常听到有人说，出于善意帮助了别人，反而被人敲诈；去异国他乡，丢了行李和钱包，寸步难行。

但我也听说过许多故事，在陌生的地方，总能遇到陌生人的温暖善意。

有驴友在古镇迷路，好几个当地人聚集过来，开手机导航帮她找路；有插画师朋友在巴黎街头拍照，总有陌生人冲她招手，微笑，甚至还有人主动在她的相机面前摆Pose当模特；有旅人在南亚某个岛国丢了护照，酒店里的陌生人开车带他去找大使馆咨询。

我自己时常人在旅途，搬不动行李时，找不到路时，在机场托管不懂得手续流程时，有些地方孤身不敢前往时，心情恶劣时，又何尝不是依仗了陌生人的善意。

一次前往江南某个小镇，我在长途车站下车，混乱中被人偷走了钱包。证件和信用卡放在其他地方，没有丢失，算是不幸中的万幸，但那个钱包是老爸送给我的生日礼物，我一直很珍惜，懊恼得不得了，在心里把小偷骂了一万遍。

皱着眉苦着脸出了车站，发现外面刮着风下着雨，而我穿得单薄，连伞都没有，这下心情更恶劣了。

好不容易等雨停了，我已不想闲逛，只想赶快找到预订的旅馆，好好休息。

小镇石板路在雨中莹莹发亮，远处的青山，周围的古建筑，静默在湿润空气里，分明是大好风景，我却瑟瑟发着抖往前走，完全无心观赏。

无意间经过一家小吃店，老板娘站在门口抽烟，看到我，热情地招呼我："天气好冷哦，要不要进来坐一坐，不点餐也没关系的哦，我请你喝茶。"

我正好也累了，进去坐下，老板娘果然开始煮茶。

她说："这是我们自家产的茶，非常好喝哦。"

茶热腾腾，店内暖融融，驱散了全身的寒冷，糟糕的心情也一点点褪去。老板娘在一旁笑盈盈地看着我，我点了她拿手的小吃，和她聊了一下午，从茶聊到茶具，再聊到中国茶的历史，再聊到彼此经历。

分明是陌生的古镇，陌生的人，在这个下午却比什么都要亲近。

临走时，老板娘笑着问我："心情有没有好一点？刚开始在门口看到你时，觉得你一脸全世界欠你钱的表情呢。"

我这才发现，原来她特意叫住我，并不仅仅是为了招揽生意。

让我怎么定义这次旅行呢？被小偷偷了钱包，又遇到糟糕的天气，当然不愉快，但我记得更深的却是那杯热茶，还有陌生的老板娘那声温暖至肺腑的招呼。

因为陌生，所以温暖。

这种温暖就像君子之交，淡如水，滋味却醇厚如酒。

遇见陌生人，几乎是我喜欢旅行的最重要的理由。

唯有和陌生人，是在这个世间萍水相逢，彼此不问过往，不问将来，赠予一刹那的欢喜和温暖，随即失散于人海。

这一刹那的欢喜与温暖，散落在光阴里，存放于记忆深处，不管什么时候重温，都像开坛的美酒，足以芬芳整个生命的季节。

我从海上来，浪声满袖

从中国台湾回来已经1个多月，仍旧觉得浪声满袖。

一起风，太平洋的水就会执拗地冲向岸边，打碎强烈的阳光，卷起一朵朵浪花。就连搭在胸前的头发，都难以逃过风的嚣张与纠缠，在空中肆意地舞动着，将眼睛遮住。

心在瞬间被带去很远的地方。

生活了这么多年，我们对这个世界依旧这么陌生。嘈杂与安静都是属于世界的，而我们只是每天奔走在同一条线路上，用工作所得的薪水填饱肚子，然后再去拼命工作。如此循环，不知道哪里是起点，哪里是终点。

那么，奔忙的意义是什么？只是为了在暗淡无光的岁月里，等待死神点名吗？如若真是这样，恐怕每个人都是心有不甘的。所以，那些想要让人生少一些遗憾的人们，在固定的线路之外，按照心意驱使，开辟出其他的路线。

而在这些路线当中，大多数人选择了旅行。我说不出旅行的意义，只是单纯地喜欢途中一次次华丽的冒险。旅行回来，怀念的往往不是那些留在照片上的风景，而是风景背后掩藏的人与事。

风景百年如斯，正因为有了故事的勾芡，而渐渐变得饱满起来。

在中国台湾的最后一天，我将行程安排在了高雄。西子湾的夕阳比一天之中任何时候都要美，漫天的火烧云倒映着白帆与周边的建筑，礁石像痴情的守候者，等待某个姑娘前来赴约。相机自始至终挂在脖颈上，却未曾有一次被我举起，生怕有一秒钟错过。

倒是站在我们旁边的一个小伙子，频频地按下快门。他背着一个很大的背包，还有一把吉他。不远处道路旁的那辆山地车，应该是他的。他注意到我一直回过头去看那辆单车，便主动对我说，他刚刚完成七天六夜的环岛骑行，从高雄出发，逆着季候风而行，绕了一圈，最终回到高雄，声音里是抑制不住的自豪。

那时，我才注意到他的皮肤黝黑发亮，彩霞的光照射过来，又被反射回去。他就这样带着一些浪漫，一些癫狂，一些为所欲为，不顾一切地上路，并在人们的惊叹声中归来。

每个人都是繁华喧闹都市里一颗可忽略不计的星辰，但谁又愿意放弃每个为微茫的自己发出光亮的机会？

最后一晚，我们放弃了回酒店休息，而是走进附近不打烊的诚品书店，握着一杯咖啡，听他讲述这7天的见闻。

骑行途中，在尚且喧闹的地段，时常有人拿出手机为他拍照。卡车鸣笛而过，将他甩在身后。距离高雄越来越远，喧嚣渐渐散去，有时骑上大半日，仍旧看不到一个人影。唯有那逆向而行的季候风，海浪拍打海岸的声音，以及身后的影子，伴他走了一程又一程。

夜幕降临后，他找来一些干树枝，在篝火划破夜色之时，拿出木质吉他，面向着海水，开始弹奏喜欢的曲子，又寂寞又美好，又孤单又浪漫。树枝渐渐燃成灰烬，他便钻进睡袋里，听着海潮声沉沉睡去。

经过一晚上的休息，疲倦渐渐褪去，面朝大海的情形足以让他触摸到虚无缥缈的梦想。收拾好一切后，他又骑单车朝着礁溪前进。在崎岖的路上，他撞在坚硬的石头上，自己摔了一跤，单车也爆胎。他只得一手拖着单车，另一手提着爆胎的车轮，沿着海岸线行走。不知道走多远，他才会遇到修车的人。

很久之后，前方终于隐隐出现另一个骑车环岛的人。对方从包中拿出一条备用车胎，替他换上。两人共同骑行一段路程后，又按着自己规划好的路线前进。至今，他仍不知那人的姓名，也不曾说一句感谢。

同类人，哪里有那么多话要说。只有那些心灵存在莫大隔阂的人，才需要用苍白的言语试图理解别人与被理解。

他问过很多人路，也被一个来自异国的女孩问路。他要从礁溪到花溪去，而她要从礁溪到高雄。他将她带到附近的火车站，帮他买好到高雄的车票。因距离火车启程还有5个小时，他便建议她到对面的海边看海。

他暂时搁下自己的行程，将单车靠在火车站旁，随她一起来到海边。海风依旧很大，有那么一刻，他喜欢上她被海水打湿的裙角，以及与风纠缠的长发。

他在相机中找出她的照片让我看，纤细的背影，像是随时都会被风带走。

不知以后，他们是否会忽然记起那个等火车的午后。

抵达花溪后，他特意来到了初恋女友的村落。村子的街道上，来往的多半是头发花白的老人和不懂人事的孩子，很少看到年轻人的影子。

他来到这里并没有什么目的，就像他的环岛骑行一样，只是心意的驱使。在夕阳将要落下去的时刻，他骑着车离开了。

那天晚上，一个绿油油的高岗上，传来一段无谓悲伤的吉他声。

在一家小饭馆吃饭时，他从打开的门缝里看到里屋精美的人像木雕。上菜的少年告诉他，那些都是他的外公刻的。他提出参观的请求，少年稍稍犹豫之后便给予应允。

那些木雕，有带着佩刀的将军，有并排坐着的夫妇，有拉小提琴的少女，有拿着如意的妈祖。每一尊雕像底端，都刻着年月。从最早的一尊木雕，到距离现在最近的木雕，明显可以看出雕刻的线条更为流畅，人物的表情也更丰富。虽然少了繁复与浮夸，却显得更为自然。这无疑缘于技艺的日渐纯熟，但更重要的则依赖于雕刻人心境的沉稳。

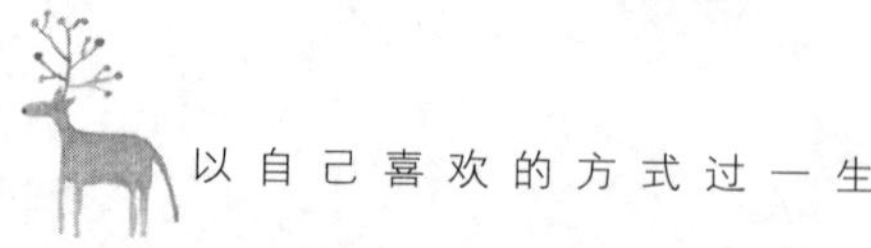

少年送他出门时，指着不远处那个驼背的老人说，那就是他的外公。

余下那几天，他时常想起驼背的老人，面朝着大海，从一块平淡无奇的木头中，一刀刀雕出隐藏在其中的珍贵故事。

他用骑行与拍照的方式记住这个世界，而这个老人用木雕刻出这个世界。

在中途歇息时，他还遇见一个自由组合的乐队。弹奏的曲子，唱出的歌词，都是即兴创作。他拿出自己的吉他，兴致高昂想要暂时加入他们，却发现不知何时吉他已经断了一根弦。尽管如此，贝斯手仍将他拉进自己的乐队中。他就这样弹着断了一根弦的吉他，与他们一起玩着没有边界的、自由不羁的音乐。

那是他第一次觉得，有些跑调的曲子，反而更有韵味。

后来，他碰到一群拍摄青春主题MV的毕业生，他们一心想要将太平洋的风捕捉入镜。最终，他们没有捕捉到风，而是将他的单车与吉他拍进了MV中。

而我们在诚品书店的彻夜倾听，则算是他最后一程遇见的最后的故事。

大概凌晨四五点钟，咖啡的效力逐渐消失，困意终于席卷而来，我们便趴在桌上睡去。

醒来时，他已经离开。桌上只留下一张写着《太平洋的风》曲谱的彩色纸。

走出书店，我在路边摊吃了一碗早点，便提着行李去往机场。飞机升上万米高空时，我向下俯瞰这座岛屿，看清了它椭圆形的海岸线后，忽然想起杨牧那句诗：

我从海上来，浪声满袖。

用来虚度的，才是好时光

你看，其实哪里都是生活

悦小游初次出行，选择了中国西藏、尼泊尔、印度这条人称“心灵大俗路”的行走路线。

在此之前，她是上海一家建筑公司的室内设计师，把加班熬夜当成寻常事，用透支生命的劲头工作。

不是因为厌倦了设计师的忙碌和辛苦，也不是为了健康，她才辞职踏上灵性行走的旅途。而是因为她意识到，是时候了。

人这一生，真是漫长又短暂。

因为实在太漫长，所以会分出不同的阶段，会想做不同的事。

却又因为太过短暂，所以想做什么，就要立刻去做。

听从心灵的召唤，不是文艺青年的专利。人们都是这样，不断做出自以为正确的选择，然后不断地犯错，悔改，再犯错。

得失无从权衡，也不必权衡。

对于悦小游来说，辞掉工作，就像当初拼命工作一样，仅仅是她在活着的每一个当下做出的选择。她不问对错，只相信每一个选择都有它的价值。

出发之前，悦小游在斜土路的出租屋里遭遇入室窃贼。

这个娇小柔弱的女孩，靠着一把水果刀和一副豁出去同归于尽的架势，吓退了小偷。事后，她紧攥着刀钻进被窝瑟瑟发抖，哽咽着哭得不能自已。

这次遭遇并没有让悦小游打消出行计划。此后在路上的日子，她选择遵从自己的直觉前行，并不特意避开那些危险的路线，她甚至平安走完了那条著名的从巴基斯坦进入伊朗的“被警告之路”。

这不是旁人说的“作死”，悦小游说，那只是一种想回归野性的冲动。

危险无处不在，无论你是在车水马龙的大城市，还是在人迹罕至的荒野。甚至活着本身，就是一份巨大的危险。

可以选择的，永远是在哪里，做什么，以及面对这一切的态度。

悦小游热爱设计师这份工作，正如她热爱行走。

她用全部的生命拥抱工作，正如她用全部的生命拥抱在路上的时光。

除了中途回上海工作的半年，整整6年时间，悦小游一直在路上。

她在缅甸禅修长达15个月，在埃及学潜水，去印度修行瑜伽，对她来说，这都是生活的本来模样，不管在哪里，都没有区别。

不过就是换了些地方生活。

听说悦小游的经历，正是我打算辞职的时候。

那段时间，微博、豆瓣上铺天盖地都是“裸辞”“辞职去旅行”的字眼，把无数自诩文艺的男女青年们撩拨得心痒难耐。

公司的文艺女青年不少，大家经常聚集在工作群里吐槽：“好想来一次说走就走的辞职啊”“好想来一场说走就走的旅行啊”……吐槽完毕，继续加班。

不然能怎么样呢？

文艺的代价毕竟是昂贵的。连薪水都没有的人，如何支付得起？

我的辞职与文艺的梦想无关，而仅仅是出于健康方面的考量。不是什么大病，但身心俱疲，小毛病不断。

斟酌许久，我终于决定暂作休养。

辞职后回了家，彻底屏蔽与工作有关的人和事。

早上睡到自然醒，慢腾腾洗漱，泡上一杯蜂蜜，坐在餐桌前一口一口地抿。下午花5个小时，用文火炖一盅汤。黄昏去公园散步，和小孩子玩。夜里窝在床上看一部电影，读一本书。

无所事事的两个月。两个月后，妈妈说，太好了，气色比刚回来那会儿好多了。

我对自己说，太好了，自救成功。

回忆起工作时为了一个项目，为了上司一通责难就彻夜难眠，压力大到胃溃疡的日子，只觉恍如隔世。

那时的我，不肯容忍自己工作上有一丁点失误，不能忍受被责骂。为了将一份项目计划书做到完美，为了得到上司的赞扬，牺牲吃饭和睡觉的时间，加班熬夜更是家常便饭。

脸色差，黑眼圈，偏头痛，经常上火、感冒，这些小毛病，我并没有放在心上。直到在某次项目会议上胃痛到说不出话来。

从那以后，我就常常胃痛，但那一阵子恰好是我负责的项目提交策划案和计划书的关键时期，实在没时间去医院，于是去药店买了一盒胃药，痛的时候就吃几颗，勉强撑着继续工作。

策划案通过后，部门聚餐庆祝，吃饭吃到一半，我捂着胃，疼得冷汗直冒，被同事逼着去了医院。

医生说是消化性胃溃疡。

再也不敢死撑，终于辞职回了家。

在家无所事事的两个月里，我并未明白多么深刻的道理，只是终于意识到，我并不是因为换了一个地方，换了一种生活，所以得到了滋养。滋养我的这一切，喝一口蜂蜜茶，炖一盅汤，散一场步，这些原本就是生活的一部分。

有时候我们之所以会走入一条死路，是因为不知道还有别的路可走。

之所以在一种生活里绝望，是因为不知道自己可以过另一种生活。

之所以苟且于眼前，是因为不知道未来可以有无数种可能。

所以，你看，其实哪里都是生活。

你不必只将朝九晚五的生活称作生活，却将无所事事的日子与在路上的日子排除在生活的定义之外。

慢慢地走，慢慢地活，忙碌的工作，去修行，去学潜水……

哪里都是生活。

喜欢的事情，不必等到以后

那一晚，我睡得正熟，手机铃声猛地响起来。我嘀咕着咒骂一声，在黑暗中胡乱摸到枕边的手机，毫不犹豫地按下挂断键，然后翻个身继续睡。

然而，刚刚挂断手机铃声又响起来。心中怒气砰地一下炸

裂，我坐直身子，按下接听键，听筒里马上传来闺密姜诺诺的声音。

“拜托，现在是凌晨好不好？”我没好气地说道。

她对我的抱怨已经习以为常，所以每次都有些幸灾乐祸地在深夜打来电话。因为，她远在英国，我这里的深夜，恰好是她那里的午后。午后，她应该坐在剑桥大学的图书馆里，看书，做笔记，写论文。阳光很吝啬，很少普照伦敦。倒是一团团雾气，赶也赶不走，就那样肆无忌惮地笼罩在窗外的校园里。

看书看得累了，就打一通越洋电话，告诉我她的日常生活。我们一边心疼水一样流走的电话费，一边絮絮叨叨地聊彼此的近况和很远的未来。每次通电话，我的情绪都是由恼怒转为平和，后又转为兴奋，最后又变得依依不舍。所以，挂断电话后，我经过跌宕起伏的情绪变换，很难再入睡。而姜诺诺应该会放下手中的论文，穿过校园的雾气走进宿舍，枕着倾诉后的空盈渐渐睡熟。

但是，这一次她并没有像以前那样对自己的生活碎碎念，而是简单地告诉我，她决定在夏天举行毕业典礼后立即回国。

回国，这是她在和我一起谈论的未来里，所不具备的词汇。她身上永远贴着学霸的标签，初中毕业成绩是全市第一，高中毕业成绩是全省第一，大学就读于清华大学，未毕业时就已申请到剑桥大学经济学的全额奖学金。

在我们这些如蚂蚁一样存在的芸芸众生中，姜诺诺似乎永远都站在云端，让我们望尘莫及。我曾经问她，做一个万人瞩目的学霸，是不是很累，压力超大。她告诉我说，她并不这样觉得，她一直都在做自己喜欢的事情，只不过现阶段她喜欢的事情，刚好是学习而已。

是的，就是这么简单。她只是想单纯地把喜欢的事情做到最好。

在我们都以为她会拿着剑桥大学的证书，进入伦敦一家金融公司，做一名人人艳羡的高级金领时，她说她要回来。

我问她其中的原因。她给出的回答依旧让人匪夷所思：我想回去做点有意义的事，不想把时间浪费在这里，仅此而已。

有些人永远知道自己要什么，并不顾一切地将其付诸实践。姜诺诺就属于这种人。

1个月之后，姜诺诺委婉地拒绝了教授的挽留，不顾父母的反对，真的提着行李回来了。我在机场与她紧紧拥抱，她看着北京并不太明朗的天空，开玩笑地说这里比伦敦好太多。我心里依旧觉得惋惜，总想抢白她几句，因而毫不犹豫地揶揄她："为了在北京的雾霾天气中生活而放弃在伦敦金融业发展机会的人，全世界想必只有你姜诺诺一个人。"

她倒也不恼，耐心地等我发完牢骚。而后，她不紧不慢地告诉我，北京不过是她暂时歇脚的地方，她的目的地在婺源的一个小镇。

她知道所有的人都不理解她做出的选择，包括作为她闺密的我在内。但是，这就是姜诺诺，一个并不需要别人理解的人。自幼做学霸，得到人们认可，不过是因为这符合主流价值观念。而从伦敦逃离，隐匿到国内一个偏远山镇，违背了人们的正向思维，因而难免会受到质疑与责难。

姜诺诺不想做伟人，她只想做一个简单透明的人。如果连这样的愿望都要遭到冷眼，她只能对所有对自己抱有非凡期待的人说声抱歉。

世界这么大，没有人能真正站在中央。唯有自己怦怦跳着的那颗心，是自己的中央。

这是姜诺诺暂时在北京落脚的那段日子里，对我反复说的话。

我终日穿梭在车水马龙之中，穿梭在钢筋水泥围成的办公室里，像一台由电脑操控着的机器人那样忙碌。在某个疲惫不堪的时刻，我忽然领悟了姜诺诺那样做的意义。

大概两个星期之后，姜诺诺拖着行李坐着火车去了婺源。那时，油菜花已经开过，只有千亩梯田以葱绿的姿态迎接她的到来。

她用在伦敦做项目的钱，在婺源的小镇里买了一座由木头搭建而成的小房子。在二手集市上，她买来木质的桌椅，一台年代久远的缝纫机，一个落满灰尘的书架，还有若干花籽，几棵树苗，以及乱七八糟的家用工作。

这就是她给我描述的家。

忙完工作后，我有时会给姜诺诺打电话。她仍然像从前那样像老太婆一样絮絮叨叨地说自己的近况，只不过现在她所说的都是她栽种在房前的花，屋后的树。至于那很远的未来，她很少提起，如果定要说说以后的事情，她只是说很近的未来。比如，明年婺源会开满油菜花，如她养的小狗会在3个月后生一群小小狗。

我婉转地告诉她：“以前的同学们都说你在做无用的事情。”

她反问：“什么是有用的事情？”

我其实想说，在所有人的眼中，在最繁华的地方站住脚跟，存折里有数不清的财富才算是不被辜负的人生，但终究以沉默代替回答。

其实，我们每一个人都很清楚，都市里灯红酒绿的生活，需要付出怎样的代价。而我们宁愿在别人的视线里摸爬滚打，弄得遍体鳞伤才会罢休。

记得有人曾问我，你梦想中的生活是什么样子的？我说：“我希望老了以后在郊外拥有一间属于自己的房子，房前种满花，屋后栽满树，一到春天，各种花就忙着绽放，各种树就忙着发芽。午睡后，就拿刚采摘下来的嫩叶泡茶，养的小狗晒在太阳底下，我摊开白纸写自己喜欢的文章。出版社如果采用这些稿件，我就会收到微薄的稿费；如果给我退回稿件，我就把它们夹在爱看的书中。”

而姜诺诺并没有在老了以后才做这些事情，她趁着年华还有青春的色泽，就把这些时间匀在以后想做的事情上。

想想也是可笑，姜诺诺在25岁的时候，过着人们60岁梦想过的生活，而人们却在疾言厉色地指责她浪费时间去做无用的事情。

第二年春天，姜诺诺给我打来电话，告诉我油菜花铺满了整个婺源，她自己种的花也都盛开了。

“如果不忙就来一趟吧，就当作旅行。”姜诺诺说得很真诚。

在挣扎一番后，我向领导请了一个星期的假。领导虽然在请假条上签了字，但他脸上那副不可思议的表情，分明不满我在工作最忙的时候请假去旅行。我想，如果我告诉他姜诺诺的事情，他定然会说姜诺诺脑子有问题。

经过十几个小时的夜车，我终于抵达景德镇，后又坐出租从景德镇抵达婺源。在从景德镇到婺源的路上，我看到整个婺源已经被油菜花包围。这里只流行清新剔透的黄色，姜诺诺身上的衣服也是淡雅的黄色。她站在岔道路口，让我第一次觉得这样的她才是这个世界不可缺少的存在。

我们慢慢朝她的小屋走去，路上偶有背着箩筐的妇女走过，姜诺诺用当地的方言和她们友好地打招呼，并向她们介绍我是她最好的闺密。这一路的劳累，已经消失得无影无踪。

走了不算短的一段路后，她忽然指着被各种花草掩映着的一座房子，告诉我那就是她的地盘，声音里满是自豪和雀跃。我看看那座被打理得整整齐齐的房子，又看看穿着油菜花颜色衣服的姜诺诺，差点流出眼泪。

她平时种花种树除草养狗，兴致来时也会用缝纫机给自己做衣服，伏在木质桌椅上写稿子、画画，有时也拿着相机拍下婺源这片地上最常见的景物。

姜诺诺带我游玩的时候，虽然我从她的脸上知道她快乐与否，但我还是在憋了很久之后问："你觉得快乐吗？"

她笑得很大声，原以为我仍会说她不在伦敦做金融一行，简直是浪费时间。

笑声停止之后，她很认真地说，她曾经把留在伦敦当作生活的目标，但那从来都不是她的梦想。在那一段时间里，她压力很大，头发掉得很多，每天用含铅很多的化妆品，行尸走肉般穿梭在图书馆和教授的办公室。由于太忙，她几乎没有时间吃早餐，以至于她经常受胃疼的折磨。再加上长期坐着做研究，她的脊椎慢慢突出。

在伦敦，她有一箩筐的隐性与显性病症，但人们只是看到她表面的风光。而她为了维持这种风光，不得不咬着牙死死坚守。

但在毕业前夕，她觉得生命不是戏剧，不可以重演。她只想趁着手中还有大把时光，去过一直在潜意识里出没的生活。

于是，她真的就这样做了。

虚度光阴有什么不好？况且，如果做的都是自己喜欢的事情，又何来虚度之名。

正如梁文道所说：“读一些无用的书，做一些无用的事，花一些无用的时间，都是为了在一切已知之外，保留一个超越自己的机会，人生中一些很了不起的变化，就是来自这种时刻。”

60岁时，或许我们已经没有那种过房前种花、屋后栽树的心境。也或许，那时我们已经没有了填充人生色彩的梦想。

所以，姜诺诺从来没有后悔过。她知道，喜欢的事情，不必等到以后。

在我临走的那天早上，我和姜诺诺正在吃从山里挖来的野菜做成的早餐，一个男人冒失地闯进来，手里拿着一大把不知名的野花。当他看到陌生的我时，便不好意思地站在原地，怔怔地看着姜诺诺，一时不知道说什么。

我看到姜诺诺的耳根在顷刻之间被朝霞染红，脸上是少女恋爱时才有的娇羞。

说走就走，去他的冷嘲热讽

我的书房中有个大大的飘窗，我常常坐在飘窗前，半开着窗，任款款的清风撩起薄薄的窗帘，探看窗内的情景。我就这样静静地阅读手里的书，被书中的故事情节感动着，偶尔拨弄着懒在身边的猫，感受平凡生活中的平静状态。

但是，“无为”的理想状态在现实的面前，终究只能是一个小心翼翼、不可触碰的美丽梦境。飘窗和咖啡馆是个浪漫的梦，岁月纵然待我万般仁厚，但梦终究会醒来，我要在现实中站稳跟脚，就不能全身心依赖着脆弱的梦境。

如今的现代职场生活，让每个人几乎都成了“多面手”，他们都在不停的磨炼中，变成了职场上的“变形金刚”。自然，我也不例外。

我们画着最精致的妆，提着昂贵的手包，我们在所谓的成功路上孤独地前行。

我们往往在现实和理想中奋力挣扎，一边都想变成世界上独一无二的某个人，一边又不得不在平凡生活中继续打起精神好好拼搏。

就像《一个人的朝圣》所讲述的那段平凡人的不凡故事。

在所有人看来，如果不是因为一封突然接到的信，主人公哈罗德·弗莱退休后的生活，一定还是像一壶永远没有沸点的水。

退休后的哈罗德·弗莱生活在英国的乡间，生活平静的背后，岁月将他和妻子几十年来日积月累的巨大隔阂演变成一片隐藏的惊涛骇浪，只需要一枚小小的火星，就可以打破表面所谓的平静。

而20多年前的老同事奎妮的一封信，就是那枚火星，不仅将看似平静的生活彻底打破，也让哈罗德·弗莱开始了一场看似荒谬却不平凡的旅程。

哈罗德·弗莱最初只是想到远一点的地方去邮寄给奎妮的回信，却没想到居然能一次次走得更远，背对着家的方向，让自己离家越来越远，离开那些郁结和疲倦，心里却开始变得极为平静。

而当他来到镇上，碰到了一个小女孩后，他很久都未曾澎湃过的内心，终于又涌动起了一个信念：一路走着去看老朋友奎妮，只要他走，奎妮就一定会活下去。

这是小女孩给他的信念和想法，并且一直激励着他不停地走下去，一直到600多英里以外、位于最东北的苏格兰贝里克郡。

于是，一个60岁的老人，没有手机、没有地图、没有计划地不停走，甚至还穿戴着惯常穿戴的衣服和鞋子，就这样穿越整个大不列颠，一直走到奎妮所在的安宁疗养院去。

在行走的途中，哈罗德·弗莱碰到了太多的人，有的为他的行为欢呼打气，有的则冷嘲热讽、嗤之以鼻。

有勇气和信念作为战袍的哈罗德难道会因为这个，就半途而废，打道回府吗？

可是，如果故事的主角换成是我，情况却可能会大不同，甚至可能干脆就没有了后来的故事。

因为说走就走的勇气，不是每个人都可以穿上的战衣。

尽管在职场上雷厉风行，但我也常常会有犹豫徘徊的时候，尤其是有时会过分考虑周围人的看法，结果让很多事情都无法实现，中途下马。

而这段旅程的主人公哈罗德·弗莱所过的，是只能靠义无反顾的改变才能得以继续的人生。

在酿酒厂做了40年销售代表的哈罗德·弗莱，一直是厂里最默默无闻的员工，甚至为了避免和别人的冲突而错过了太多的东西。到了退休年纪将要离开酿酒厂的时候，甚至连个像样的欢送会都没有，完全是悄无声息地从人们的眼前消失，他像是一个隐形人，存在感几乎为零。

所以，他全然不顾冷嘲热讽者的嗤笑，坚持以自己的方式，完成这次漫长的旅程，好让老朋友奎妮有坚持活下去的勇气。并且，他也坚信自己能够做到这些。

这趟旅程，不再是一次普通的探望，不再是一次冲动的出发，甚至不再只是对生活的逃避。

他在找，在600多英里的漫漫之路中，他渴望找到自己的灵魂和真我。

于是，这条600多英里的漫长路程，也就成了哈罗德·弗莱的朝圣之路。

我常常也会去想，我的朝圣之路又该朝向何方呢？

是不是也需要像哈罗德·弗莱那样，开始一场拔腿就走的旅程呢？

我时常梦到自己站在悬崖边张望脚下，也时常伴随着身体惯性下坠对心脏的冲击，从梦中醒来，把灯全部打开，心中的恐惧才能慢慢消退。

人们常常说，内心的焦虑和恐惧往往来源于不确定。

这个世界走得太快，快到我根本不敢停下脚步休息一下。

相较于很多人来说，我更有勇气一些。我敢剖开自己，正视内心最真诚的期待和最原始的欲望。

可是，看见了又能如何呢？我依然在不安全感中试图捕捉一些能安定下来的证据，我需要一些可以证明自己的东西，支撑自己在这个步履如飞的世界里，像个异类那样独自放慢脚步。

我们在不断的自我否定和自我怀疑中寻找新的出路，在寻求内心安定的路途中，也像个虔诚的朝圣者那样，朝着目的地坚定地走去。

如果我对生活充满信心，如果人生不因我偶尔放慢的脚步将我抛弃。

那么在这条朝圣的路上，也许我能走得更坚定一些。

而这样的安全感恰恰来自人格和经济的独立。只有等我们真正强大到可以抵挡住一切的那一天，才可能获得真实的心灵的自由。

当我们终于在内心中找到那样一个非去不可的目的地，当我们终于有那样走下去的决心和勇气，才能像《一个人的朝圣》中的哈罗德·弗莱那样，不再考虑到底还要走多少路，只要一步步地抬动双脚，就能离目标越来越近，去他的冷嘲热讽！

慢下来，把生活过成一首诗

20世纪80年代，美国汉学家比尔·波特在阅读了中国隐士的

诗作之后，对这般孤清简素的生活产生了极大的兴趣，决定到终南山寻找隐士。

几年之中，他跋涉了太白山、五台山、观音山、秦岭山脉等，找到诸多隐居在深山老林中的隐士。与这些隐士有了简单的交往之后，他不禁深深感叹：“他们是我见过的最幸福、最和善的人。”之后，他将这段传奇般的经历写成了一本书，名为《空谷幽兰》。

世界如此喧嚣，如若没有足够的定力，内心必定慌张至极。所以，我们步履匆促，终日忙碌，随着热闹的人群涌入浪潮起伏的大道上，却不知与它毗邻的婉曲小径上正开放着你最爱的兰花。所以，我们从不会静下心来读一本纸质书，不会在群鸟回巢的傍晚散散步，更不会在黄叶纷飞的窗前给远方的朋友写一封问候的信笺。

隐士为何只守着一片深林，就觉得内心盛放着整个世界，而我们极力走遍每一个角落，却仍觉未曾抓住世界的衣袂？

只因，我们心存恐惧，走得太过匆忙，以至于忘记了用心去感受。

记得几年前，我坐在电影院里，准备好一抽纸巾，等待看3D版的《泰坦尼克号》。不曾想，整场看下来，电影院里非但没有一丝抽泣声，反而在某些出糗尴尬的情节处爆发出阵阵响亮的笑声，我准备的纸巾也没有派上用场。

许是20世纪那种“You jump，I jump”式的生死相依的爱情，因离我们太过遥远而失真。有多少人走进电影院，不是为了重温银幕上那种永恒的爱恋，而是要去看看杰克为露丝作画时的场景，当颓然发现它已被删去时，心中无限怅惘。

之所以使得那场电影看起来像是一部灾难片，而不是一部生死相契的爱情片，想必是因我们在或忙碌或纷杂的生活中，在或浮躁或盲从的行为方式里，迷失了自己。

克里希那穆提曾说：“你可曾一个人出去散步过？坐在一棵树下，不带书，没有伴侣，完全自己一个人，然后去观察落叶，听水波轻拍岸边的声音，听渔夫的歌声，观看鸟儿飞翔，以及你自己此起彼落在脑中追逐的思绪。如果你能够独处并且观察这些事，你就会发现惊人的丰富内涵。”

然而，通常的情况是，我们时常向外张望，极少向内审视。

我们急切地需要些许东西来填充我们空白的生活，好让我们看起来没有虚度人生。只是，我们不曾明白，我们始终在与喧嚣人群一起朝着错误的方向奔跑。所以，我们潜意识中认为，在这个一切以“快”为衡量标准的世界里，以生命为代价的爱情，是根本不会发生的事情。

尽管，我们是那样渴望，自己的生活中出现这样一个人，与之相依为命。

和朋友一起逛街，和她聊起《爸爸去哪儿》。她问我最喜欢哪一对，我毫不犹豫脱口而出：黄磊。

在娱乐圈中，少有绯闻，且又夫妻恩爱的明星，极为难得，黄磊算得上其中一个。我并未像其他追星族那样，喜欢一个人就要知晓他的生日、星座、身世，甚至情史。我只是凭印象觉得黄磊是一个慢性子的人，至少我所知的他饰演的角色，都保持着缓慢而浪漫的生活节奏。

《似水年华》中的文，一生守着一个静极了的乌镇；《人间四月天》中的徐志摩，在笔墨文字中粉饰心中的爱情世界；《暗

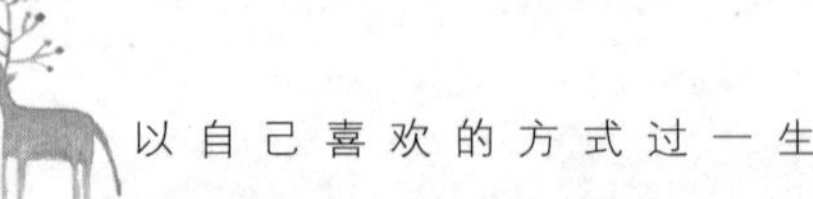

恋桃花源》中的江滨柳，在日渐斑驳的岁月里，缅怀着青春时光里那个爱之入骨的人。

每一个角色，我觉得他都是在诠释他自己：相信爱仍是穿透黑暗隧道的阳光，慢一点才能走得更稳更坚定。

如今，他在40多岁的年纪，有可爱的儿女，有漂亮的妻子，有真正喜欢的事业，懂得慢下来将日子过成一首诗，想必这就是美好生活真正的含义。

你害怕老去吗？

怕。所以，我要用尽全力奔跑。

可是，全力奔跑时，你如何能顾得上散乱的头发，如何顾得上翻飞的裙角？

走着，也能抵达目的地，且能饱尝途中景致。如此老去，也就不是那样令人害怕的事情。正如塔莎·杜朵所言："老了，不一定要成为家人的负担，只要懂得创造生活的乐趣……你有充足的时间可以浪费在更多美好的事物上。你会发现，原来生活也可以这么过。"

美国绘本作家塔莎·杜朵，年老之时在佛蒙特州的深山建造了一栋乡间别墅，于其中以绘图为生，赤脚在田间劳动，动手裁剪老式的碎花长裙，出版素净简朴的菜谱，直至生命终结。

有谁会说老去的塔莎·杜朵变丑了？她诗意自在的生活方式，赋予了岁月优雅的特质。

马尔克斯在《霍乱时期的爱情》中说："任何年龄段的女人，都有她在那个年龄阶段所呈现出来的无法复刻的美。她因年龄而减速的，又因性格而弥补回来，更因勤劳赢得了更多。"

我想，这段话放在塔莎·杜朵身上再合适不过。

以诗意之心面对这个混沌的世间，即便置身于大雪纷飞的寒冬，心中亦觉春暖花开。

每当我觉察到自己迷失在生活中时，我总会暂时停下来，尝试做一些让自己缓慢下来的事情，或听一首音乐，或做一顿简单的晚餐，或写一些文字，或做一次短途旅行。

或许，这样我会落于众人之后，但我更能看清夜空中在云中行走的月亮，以及洒满月光的心。

在美好的事物中消磨光阴

那天午睡醒来，忽然看到窗台上那支水仙开了花，暖阳跳跃，微风轻拂，心情瞬间就湛蓝清澈起来，就像干净得只剩几丝云彩的天空。

抽屉里还剩半盒曲奇，烤好的面包还冒着些许热气，餐桌上有些狼藉的碗筷就留给明天。我在电脑前坐下来，随意浏览着网页，想着要找一部温暖的影片来看。

平日里穿梭在地铁和办公室之间，已经很少有这样安闲的心境。即便到了周末，也有一堆脏衣服要洗，更有不成样的屋子要收拾，上司不打来电话通知加班已属万幸，哪里腾得出时间去浪费。

对于这样可遇不可求的悠闲心境，我只能乖乖服从，听从内心的指引，暂时撇开这慌张而杂乱的现实境地。最终，我没有找到任何一部电影，而是选择了一部很短的日剧。日剧的名字很长也很怪，《面包和汤和猫咪好天气》。

这是一部几乎没有任何剧情，也没有任何起伏的日剧，甚至只是一味地重复，用冷静而不失温暖的镜头，安静地展示一个普通女人普通的日常生活。她离开繁华热闹的东京，放弃高薪工作，只身回到家乡的小镇，守着母亲留下来的那家面包店。这生活是那样细腻，那样精致，甚至连一个好天气、一块面包、一碗汤都是有生命的存在。

4个小时，对于这部几乎没有情节的日剧而言，已经足够长。而我却觉得它应该无限延伸下去。当最后的日文字幕一行行排列而出，又消失在屏幕顶端时，心中无限留恋，无限平和。

有人说过，你乐于挥霍的时间，都不能算作浪费。确实是这样的。时间总会像沙漏那样流尽，既然如此，为何不把时间消磨在那些自己喜欢的事物上？

天色已黑，片尾曲轻柔地融入夜里。我站起身来，走到窗边从顶层俯瞰街道，霓虹亮得耀眼，白天和黑色并没有清晰的界限。反正都是奔忙，忙着工作，忙着攀比，忙着娱乐。

我想，在这个快节奏的时代，能把日子过得像清水那样干净简单的人，内心应该都有一朵盛开着的蔷薇。要不然，怎么抵挡得住浑浊而喧嚣的外界。

我想起一年前从公司辞职的姬朵。走了一大圈，看尽了城市灿烂的灯光，从一名小职员做到部门总监的位置，最终却从这一切繁华中抽身而出，脱掉虚荣的艳丽衣裳，怀揣着一颗不含任何杂质的心，回到了南方的小镇，开了一家在我面前说起过很多次的旧货店。

从哪里来，最终回到哪里去。当我们还在为讨好客户不惜牺牲睡觉时间时，姬朵已经挥挥衣袖，做起自己最喜欢的事情来。

姬朵曾经比公司任何一个人都累，也比任何一个人对自己狠。我们都说她具有强迫性的特质，一个PPT里的色彩不能超过三种，色彩的搭配不能突兀，图画旁边的文字不能拥挤，格式必须统一，甚至连标点都要用得小心翼翼。她每个月都能拿到全勤奖，优秀员工的名单里她的名字从不缺席。

当我们在谈论风靡的米兰时尚周，为李宗盛的演唱会兴奋时，她在做下个月的工作计划，找这个月的工作纰漏。碰到较长的假期，我们会关掉手机出游，她却仍旧安然地向行政要一把钥匙，只身前去加班。

她不是没有喊过累，但是埋怨声还未消散时，她又强打起精神，去做未完成的工作。

已经不记得在哪里看到过尼尔・帕斯理查写的书，也许是走得太急的缘故，便没有再花费多一点时间去翻看书的内容，只是牢牢记住了那本书的书名——《生命中最美好的事都是免费的》。是的，在纷繁的都市中奔走，会时不时觉得世界正在崩塌，从前那些微小的幸福仿佛早已成为太过久远的传说。

其实，并不是我们周围没有幸福，而是我们已经顾之不暇，因此慢慢丧失了对美好生活的想象。

后来，我们就真的忘记了，我们想要的其实很简单。

还记得那一次公司聚会，姬朵不知为何喝得很多，一杯接一杯灌下去，一趟接一趟跑厕所。我去洗手时，看到姬朵蹲在里面哭。

姬朵难得化一次妆，眼线全被浸湿。我扶着她溜出餐厅，走到街上。被冷风一吹，我们才发觉自己没有披上外套。我们谁都没有提出要回去，便瑟缩着走在24小时便利店林立、车流如水的明亮夜晚中。

她脸上的泪痕早已被吹干，我们絮絮叨叨说着很多不相干的话。这许多话中，她并没有说起为什么在厕所里哭，只是说以后会回到家乡的小镇，开一家专卖旧杂货的店铺，旧唱片、旧磁带、旧式收音机、旧式音乐盒、旧式钟表等等。凡是旧的复古的东西，她都要搜罗来放在自己的店里，等着有心的人带回家。不赚钱没有关系，她可以在空闲的时间，写写自己喜欢的故事，或者写一些影评、乐评。

她说那里的生活压力并不大，一个人完全有机会去做这些自己喜欢的事情。哪怕无所事事地变老，回忆起来都是暖色调的日子。

我以为她说的不过是些带着醉意的话，到第二日就会与梦一起消失，不必信，也不必当真。但是，我转过头看她时，她眼神里蘸着霓虹的光，显得格外亮。

世界上美好的事情并不少，只是很容易就会擦肩而过。

姬朵辞职那天，几乎所有的人都难以置信。他们都以为她有了更好的出路，而我忽然想起那天晚上她说的带着醉意的话。

她坐火车离开那天，我去车站送她。她的行李不多，带走的都是留下的，那些留不下的，又何必让它们再拖累自己。原来，她自始至终都是最潇洒的。工作时，不惜用尽全力，她去摘取那颗最饱满的果子。看够了都市外在的繁华与内在的荒芜，她又毫不留恋地离开。

我们谁都没有说煽情的话，我羡慕她有那样的勇气，她羡慕我在这座城市里还有无数种可能性。

走出火车站，我看到天空蓝得透明。

几乎是在忘记了姬朵的存在时，在一个忙碌得恨不得一天再多12个小时的周三下午，我接到姬朵的电话。

她有着从容不迫的声音，带着小镇里慵懒的气质。我放下手中的文件，穿过正在讨论客户资料的同事们，转身走进相对安静的卫生间。

那个电话延续了1个多小时，她说起店里最近推出奶茶，有人抱着一本书就会坐一下午。在客人的建议下，她还开辟了一个“寄给未来”的慢递信箱，当日写下的明信片与信函，可以等到很久之后才送出。还有，她还养了一只猫，它最爱躺在信箱底下的阳光里。还有，还有，她说自己要结婚了，未婚夫第一次来到这家小店时就与她谈了很久。她说，相爱是一件很简单也很幸福的事情。

我渐渐听不到卫生间外面嘈杂的脚步声，仿佛一切都在姬朵的声音里静止了。

繁忙的工作告一段落后，我按照姬朵给我的地址坐上了南下的火车，我要亲自去看一看她开的店，以及守护在她身边的男子。

就算我做不到像她那样，至少也给自己一次在美好事物中消磨光阴的机会。

等一等想多看看风景的自己

我们常常在忙碌的生活中忘记最初的自己。我们忙着工作，忙着在这繁华却冷清的城市中站稳跟脚，然后弄丢自己，用那些看起来合理实则荒诞的理由。

那些位置偏僻的咖啡馆是我常去的地方。它们像是一个足够安全的避风港，乌托邦式的安全感，让我在生活的喧嚣中找到心灵的归属。

我经常什么都不做，只点一杯味道醇厚的黑咖啡，坐在临窗的位置上，视线掠过，看时间的轨迹如何落在这个世界上，它落在咖啡店最靠里的角落，落在不远处交谈的人脸上，落在路对面低矮的商铺阁楼上，落在只有远处高楼塔尖才能看到的高度上，然后再落在初上的华灯上。

时间像这世界上最精密的丈量工具，一小寸一小寸地，为我临摹出这个世界最真实的样子。这些不加修饰的相望就像手中握着的咖啡，从苦涩中品出的是最醇厚的原香。

这个时候的我是最自由的，不必为所谓尘世的梦想而奔忙，也不必为某些利益得失焦虑，只闲闲地体悟人生，体悟现下的状态。

这样的平静和体悟只有时间才能给我。

光阴，就是拿来虚度的。

太多的成功理论教我们如何保持足够的热忱去追寻这世间的名和利。我们被纵横的物欲迷惑了心智，什么都不管不顾，马不停蹄地只想朝着所谓的目的地奔去。

让自己脚不沾地行走的人生才会更有意义吗？为了一个看不清轮廓的目的地，错过生命中的另一种美好，就是我们真正想要的吗？

我见过许多年轻人，在咖啡店里买价格高昂的咖啡，却总是脚步匆匆，就着热气皱着眉一口气喝完它们。

这样急切。再好的咖啡尝在口中，也是没有滋味的。

在工作闲暇下来的时光里，我也喜爱有一杯香醇咖啡的陪伴，我并不会急于品味，沸水和着咖啡因熨烫肺腑的痛感，不但失了香醇，还伤了自己。

我只是将它放着，慢慢等着它褪去艳丽的华装，换上秀气的短襦，显示出小家碧玉般的美。

其实，这个时候的咖啡才刚刚好，热但不至烫口，凉却仍余温存。

就像最完美的人生状态，不急不躁，慢慢来，这样的人生才是刚刚好。

不是只有跌宕起伏，起起落落才算是无愧于人生。

在多变的人生进程中，如果放慢脚步，方能体悟到生活别样的平淡之美。

面对这样的人生，一两个追求上的失意，又算得了什么呢？

很多时候，我们都因为未竟的目标而焦虑，生怕自己失掉了这个目标，也会失掉下个目标一样。我们总是拥有太多想要实现和拥有的东西，我们在忙碌中疲惫，在清闲中焦虑，而其实人生哪有这般纠结呢，忙碌时停下脚步看看夜景，真正无事可忙时，干脆背上行囊，去一直向往的远方看看。换个角落看看，忙了或者闲了，并不会相差太多，慢慢来，人生哪里需要这般慌张。

我想起大学毕业那一年。

关于那时候的记忆，似乎到处都是忙碌的身影：实习、工作、毕业、答辩、合影、聚餐，然后就是各奔东西，难再相见。我们在半年的时间里将这些烦琐到难以想象的事情完成，然后在尚且懵懂之时，便被推向了社会，去向那一个从未触碰过的新世界。鲜花和野兽，都是不得不打起精神去面对的现实。

当我开始收拾行李箱的时候，相识的人还有大半，等我扣紧行李箱准备离开的时候，这些人已所剩无几。这里的一砖一瓦曾经陪伴着我度过4年春秋，我记得它的纹路，可是它们终会将我模糊的眉目彻底忘却。

总有一天我将不再年轻，但我一定会记得，曾经的我，在这里煮沸过我心里的那一腔血液。

我曾在这里挑灯夜读，只为一本也许意义并不大的外文小说。

我也曾抱着书沉默地走完学校的每一个角落，我做了许久的兼职，然后买下了那套色彩斑斓的画笔。

有人疑惑不解，挑灯夜读不就是为了更高的分数和奖学金，走完学校的时间不如在图书馆背几篇英语作文，兼职赚来的钱是不是该买套精致的眉笔，好看的皮囊有时候比粗糙的画布更有价值。

我不禁反问：年华这么好，我有足够的兴致和精力去做让我觉得愉悦的事情，未来在不远处耐心地等我，我走那么快做什么呢？

而今天我终将告别这里。

我终于不用像你们一样长吁短叹，那些好年华里没有耐心地等一等想多看看风景的自己。

走得慢一点，你看到的和我看到的就会不一样。

人生就像一段长长的旅行，我们要做的是寻到那些美景，感悟那些深情，然后各自道别，在心中留下一个模糊的空位，用于未来怀念。所以，又何必总是急匆匆的呢？

那些你得到的、失去的、拥有的、丧失的，时光让它们充盈你全部的灵魂。并且，唯有这样的人生才显得完满、才值得经营。这是岁月和生活给你的礼物，请你悉心妥帖地珍藏，一生也许仅此一份，错过太可惜。

走得慢一点，欲望是没有止境的黑洞，脚步再快也无法赶上欲望的滋生速度。你喜欢的大衣，你熬上许多个夜晚拿工资买下它，它却在新款式上市时后就被你藏入衣柜，可是你只身旅行遇见的那个会唱法语歌的少年，却在你记忆中开花结果，永不会老去。

不如，就放慢一些。

放慢生命的脚步，放慢生活的节奏，放慢人生的盲目追求，放慢对财富拥有的执着。

不再焦虑生活的状态，不再忧虑你的所得所失。这样，就刚刚好。

不必再提富翁和渔农的故事，他们根本就是两条轨迹的交汇。谁都明白，分开后，富翁仍是富翁，仍会继续追逐他的财富，而渔农依然是渔农，会继续躺在沙滩上，晒他的大太阳。

他们有着各自的梦想，也会继续做各自的梦。

他们在各自的梦中看见最想要的那个自己。

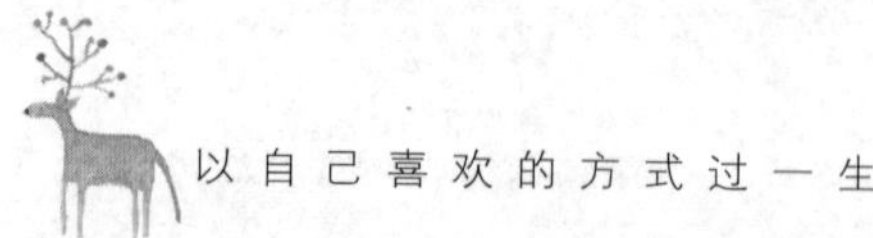

人生中总是存在着很多不期而遇，让徐志摩碰上了陆小曼，让梁思成遇上了林徽因。爱情的美好，成就了他们的姻缘，而爱情中的那些缠绵悱恻，泪水和失意，也被时间打磨成为他们人生故事中的经典，像钻石那样发出永恒的光亮。

曾经的情恨交织、貌合神离，曾经的阴阳两隔、缘深缘浅，都让无数人为之落泪，为之叹惋，为之伤怀，那是他们的爱情，那也是我们所有人的爱情。感同身受，感动叹息，仿佛另一幅血肉。

我们似乎总能找到这样的桥段，在电影中，也在我们的生活里——这就是我们受到“欲望”支配的生活的面貌，只是很多人不想承认罢了。

但终究是受到了“欲望”的奴役和驱使，于是我们生活在各种各样的追寻中，有的会因志得意满而张扬，有的会因不尽如人意而惭愧。

时间是我的朋友，我们应该并肩作战而不是相互追赶。

我只要慢慢走，风景正好，身边有你更好。这种状态，就是我的刚刚好。

和时光一起奔向想要到达的地方

我们像一颗无意中被撒入泥土的种子，生根发芽，鲜活，而又实实在在。

人生有太多过往不能被复制，比如青春，比如情感，比如幸福，比如健康，以及许多过去的美好，连同往日的悲剧都不可重复。

时光不容许你讨价还价，该散去的，终究会不再属于你。

所以，经常有人感慨着青春的逝去，那些美好的年华就在人们的不经意间，从指缝、脸颊、发梢，甚至一丁点儿的悲伤中，倏然而逝。

所以，才有人感怀青春的美好，正像感怀青春的易逝一样。

所以，才有人说，“青春就是拿来挥霍的”。

所有，才有人说，“再不疯狂我们就老了”。

可是，青春年华哪里又是这些条条框框就能定义的呢?

青春不是想当然的疯狂和放肆，更不是畏首畏尾地不敢前行。

真正在生命中放声歌唱的人，他们懂得如何与时间和平共处。

大学总是一个特别的地方，外表再端庄的女孩子，心里也一定也住着一个性格刚烈、敢作敢为的男孩子。我们宿舍老大就是这样，刚刚熟识就自称“大哥”。

了解得深了，才发现“大哥”从来就是个不同寻常的人，虽说她性格大胆豪放外向，但做起事情来却又能显出女孩子特有的那份细腻劲儿来。她像是一个潘多拉魔盒，每一天打开来看，都能给我们新的惊喜。

“大哥”很嗜睡，每天上课前都要费尽心思赖床到最后一秒，或者干脆逃课，更遑论早起去图书馆自习。一到期末时，寝室的人相约在情人坡复习，被硬拉去的“大哥”就坐在草地上啃烤红薯。

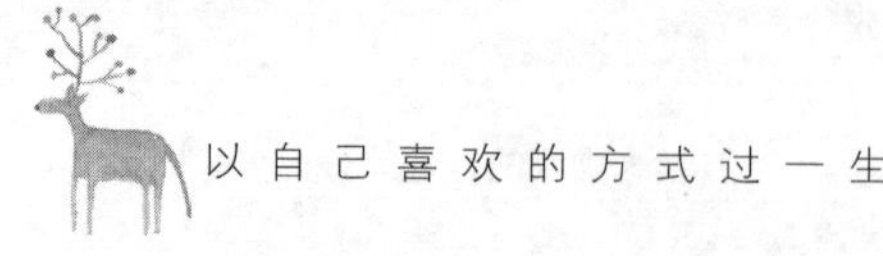

她从不在意成绩名次，可是她却始终名列前茅。

她是个太聪明的女孩子，她可以去更好的地方。

直到后来，我们才从“大哥”的同乡那里得知了事情的原委。原来，“大哥”整个高中时代，都是当地学校的骄傲，活泼开朗，品学兼优。可是这块完美的瓷器，却出现了裂痕。

高三上学期快要结束的时候，一向大大咧咧的“大哥”，竟然不可救药地喜欢上了复习班里一个长相平凡的男生，并且很快成为全校师生眼中的奇闻。要知道，像大哥这种学习成绩好、长相又出众的女生，自然身边少不了献殷勤的人，偏偏入了眼的，反而是其貌不扬的那一个。

这种事情的结果，不说也明白，自然是家长、校方的联合规劝，围追堵截，因为谁也不想失掉这个为自己争得颜面的好苗子，谁也不想大哥就此堕落下去。因为这段突然出现的变故，已经让她的学习成绩一落千丈。

现实总是残酷的。

巨大的压力面前，复习班的男孩子先撤退了，但也因此受到了影响，报考了一个离“大哥”很远的地方院校，而“大哥”也因为这段变故，最后考到了我们这么个不起眼的大学，与她本来能考取的清华北大，相去甚远。

在人人都为她可惜之时，大哥作为当事人却从来不以为意，她说自己从来不后悔，在青春最烂漫无畏的年纪，爱过，就算爱不得。

那也是年轻的勋章。

谁说只有名列前茅、前程似锦，才叫作无愧于青春。

大学时光是美好的。

大学时光又是易逝的。

在那些没心没肺的笑容中，四年时光很快就过去了。

我们或者考研，或者工作，再到后来嫁人生子，彼此间的通话频率从一周几次减为一周一次、一月一次，直至一年、两年都难得再联系一次。

我们曾经分享过彼此最隐秘的心事，了解过彼此的一点一滴。可是，我们终究被风吹散，散落在天涯，靠怀念存活。

如果不是那张远道而来的明信片，我很难再从忙碌的生活中分出心神来回想曾经那个快乐得可以恐吓太阳的姑娘。

看着手中明信片上的地址，特罗姆瑟。

我第一次听说这个名字，是在某次卧谈会上。我已经记不得那天晚上我们究竟聊了些什么，但我记得那天晚上，有一个姑娘说起她的梦想，她的眼神，像沙漠中开出的玫瑰。

那个姑娘就是一向大大咧咧的“大哥”，她看着我们每一个人，对我们说起这个叫特罗姆瑟的北欧小镇，她说那里有美丽的北极光，她说那里是她的梦。那时的我们只是笑，因为我也曾经渴望去普罗旺斯看一场薰衣草的盛宴。

可是现实毕竟是现实，“大哥”的家境普通，往返北欧的机票费用贵得让人咋舌，而就算有朝一日有力奔赴，生活琐碎，也应该早就磨平了一颗追寻梦想的心。

随明信片一起寄来的还有几张照片，大哥抱着吉他，和一群当地人围着篝火，有人在跳舞，“大哥”又笑出了她的虎牙，那是我们用多少保养品都留不住的灿烂。她不害怕时间，所以时间不会伤害她。

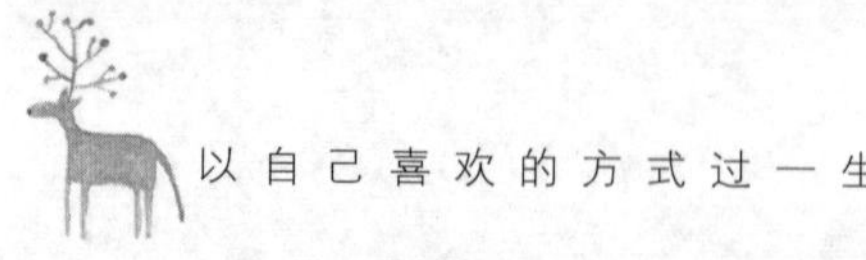

我突然想起那个时候，在我们每天计划着要去哪儿去哪儿时，“大哥”是不太参与的，她买了一把吉他，唱些奇奇怪怪的歌曲，现在想来，当时她嘀嘀咕咕的大概是挪威语吧。而如今，她真的站在北欧的小镇上看极光。

就像我们每天都在为流逝的青春和时间讨价还价，而那些像大哥的人，他们却已经和时间一起奔向了想要到达的地方。

PART 4

有生的瞬间遇见你

去葡萄牙拥抱地中海的阳光

听说季沫怡去欧洲度蜜月的消息，才知道她结婚了。

她的照片墙（一款运行在移动端上的社交应用）头像不知什么时候换了，不是秀恩爱的照片，而是她一个人的自拍照。照片里有爱琴海的奢侈阳光，无边无际的晴空和碧蓝海水，季沫怡站在夏日的海滩上，绽放出比阳光更灿烂的笑容。

季沫怡的男友是葡萄牙人，确切地说，是葡萄牙籍混血帅哥。

照片墙上，季沫怡很低调地晒了一张蜜月照，大家纷纷点赞，同时也不忘笑她："明明学的是法语，我们都以为你会找一个浪漫的法国男友，怎么找了个葡萄牙人？"

与她相熟的朋友都知道，季沫怡和他能走到一起，并不容易。

前几年，从法国留学回来的季沫怡拿到一家跨国公司的录取通知书。

精致的妆容，香奈儿、纪梵希职业装，8厘米以上的高跟鞋，每天辗转于跨国会议、机场、酒店、晚宴，看上去光鲜，实际并不轻松。

加班的深夜开车回家，季沫怡常常拎着高跟鞋，光脚站在电梯里，困得几乎睡过去。然而第二天早上，她仍然可以毫无破绽地站在客户面前，带着得体而优雅的笑容，用优美的法语说"Bonjour"。

在每天都忙到体力透支的工作节奏中，季沫怡从未想过要恋爱，但爱从天而降时，也从来不会给你准备的时间。

那年季沫怡去上海出差，在浦东香格里拉酒店的一场晚宴上邂逅葡萄牙籍混血帅哥Patrício。

那天晚上，她满脑子都是他湛蓝的双眼，笑起来会扑闪扑闪的长睫毛，以至于晚宴结束后，她不惜以莫须有的工作为借口，约他去了香格里拉酒店地下著名的蝙蝠吧。

店长一如既往守在门口，“Welcome Drink first”，这里的规矩是“不饮不过岗”。季沫怡接过店长递过来的酒，告诉Patrício，“Welcome Drink”的酒是随机的，也许很烈，也许很淡，全靠运气。Patrício来了兴致，仰脖一口喝干。

是果酒。他表情奇怪地皱眉。季沫怡哈哈大笑，同样豪迈地一口饮尽。

喝完酒，季沫怡面不改色地说了一句，是伏尔加酒。

你可以想象，一个穿着高跟鞋和黑色露背晚礼服的纤瘦女人站在地下酒吧门口豪情万丈地往嘴里灌烈酒的情形。反正Patrício是看呆了，而且还看出了滋味。

说不清是谁主动，两个人就这样走到了一起。

Patrício的父亲在葡萄牙经营一个不大的葡萄庄园，和季沫怡所在的公司有生意来往，但他来中国时，多数时候都在上海，而季沫怡的职位却需要常驻北京。

见面的时间少得可怜。季沫怡一咬牙，放弃了北京这边大好的晋升机会，申请调职到上海。

独生女儿好不容易回到北京，能在眼皮底下照顾她，突然又说要去上海，季沫怡的父母当然不会轻易点头。

但季沫怡是生就的烈性子，和父母大吵一架，拖着行李箱就去了机场。

那段时间，Patrício刚好回国，不在上海。季沫怡住在酒店里，一个人去公司办调职手续，一个人去找房子，一个人搬了家。

Patrício再次来上海时，季沫怡已经可以一个人去南京路、徐家汇寻觅咖啡馆，一个人去衡山路、石库门波澜不惊地散步了。

没过多久，季沫怡跟着Patrício去了葡萄牙。

里斯本阳光正好。

季沫怡挽着Patrício，漫步在里斯本街头，看美丽的吉卜赛女郎在街头跳舞，狭窄街巷中可爱的黄色电车缓缓驶过，夕阳下的海港逐渐蒙上一层温暖的金色光芒。她知道自己爱上了这个国家和这座城市，这感觉就像她当初爱上Patrício一样。

这并不是季沫怡第一次来里斯本。

在法国留学时，她曾和朋友一起自驾游遍整个欧洲。某一年冬日，她被巴黎连日不绝的阴冷冬雨弄得极不愉快。朋友建议直接坐船去里斯本，去海岸做个日光浴。

她不抱希望地跟着去了，完全没想到阳光那么好，明明是冬日，里斯本却温暖如春。

她当然喜欢葡萄牙，喜欢里斯本，也喜欢欧洲，喜欢伦敦特拉法尔加广场成群的鸽子，喜欢希腊爱琴海如梦境般的幽蓝，喜欢西班牙加纳利群岛的遥远和神秘，甚至喜欢芬兰那种和气候融为一体的冷漠气质。

但也只是喜欢而已。这块大陆上并没有值得她停留的东西。

所以，她带着大西洋上的风、北半球寒冷的雾气、地中海的阳光，回到自己的国家。

而现在，因为Patrício，一切变得不一样了。

抵达位于杜罗河谷的葡萄庄园，Patrício驾驶着四轮驱动，带季沫怡参观河两岸悬崖峭壁上的梯田葡萄园。

在葡萄园的最高处，Patrício向季沫怡求婚。

美景如画，Patrício郑重地捧起一对铂金钻戒，许下承诺。

季沫怡戴上戒指，想起父母质问她的话："葡萄园？那种乡下地方有什么好的？你辛辛苦苦拿了学位，难道是为了种地吗？"

爸，妈，不是的，我只是追随爱情而来，想要在这片土地扎根。

季沫怡的想法无法得到爸妈理解。

他们赶到上海，动用自己的关系网，为季沫怡搜罗相亲对象。

各种手段轮番上阵，有时让季沫怡订餐厅陪他们吃顿饭，吃着吃着，就会有一场早就安排好的偶遇。有时一起去看画展，忽然发现画廊老板是旧识，于是各自张罗着介绍自己的儿女认识。

真是防不胜防。

当时恰好Patrício回国，季沫怡一个人在上海苦苦应对，却并不在越洋电话里诉苦。Patrício在电话里热切地诉说着来年婚礼的计划和未来生活的畅想，季沫怡就笑吟吟地听他说。

"你不是喜欢火红的玫瑰吗？我可以在河谷上开辟一片玫瑰园，到时我们一起在园中漫步，晒太阳，喝下午茶……"

季沫怡后来说，从干练的职场女强人，变成坐在玫瑰园里喝茶的庄园女主人，对这种身份角色的转变，她一直都没有切肤的实感。但她知道自己想这么做。她爱他，和他在一起，不问太多原因，也不害怕未知。去他的土地，去沐浴那里的阳光，她只要想起这件事，就觉得满心温暖。

而对那些动辄资产上亿、名下好几家公司、家族产业庞大的相亲对象，她真的一点感觉也没有。

无关乎其他，只关乎爱情、缘分。

因为季沫怡父母的反对，婚礼拖了三年才举行。

季沫怡在婚礼上道歉，Patrício只说了一句："不管多久，我都会等你。"

周围的朋友一开始并不看好这段异国恋，都说两人只不过图一时新鲜，现实千难万阻，父母、国籍、工作、文化差异，这么多问题需要解决，怎么可能终成眷属。最有可能的结果无非是Patrício玩够了，拍拍屁股走人，回家找当地的姑娘结婚，继承庄园，从此安心地做一个无忧无虑的葡萄牙人，和远在中国的季沫怡再无瓜葛。

结果却出乎意料。

季沫怡在葡萄牙过上了幸福的生活。

就像童话里一样。

第一次，她去葡萄牙，拥抱地中海的阳光。

第二次，她去葡萄牙，爱上一座城市，爱上一座葡萄庄园。

第三次，她去葡萄牙，爱上一种生活。

你看，追随爱情的季沫怡拥有童话般的结局。

而总是习惯将爱情和梦想看得太小，将现实放得太大的你我，仍然在苦苦寻觅幸福。

安妮宝贝说，任何一件事情，只要心甘情愿，总是能够变得简单。

就是这样。

三毛最爱的那片海

慕瞳在去西班牙加纳利群岛之前，重读了一遍三毛的《梦里花落知多少》。

30多年前，三毛和丈夫荷西住在大加纳利岛上一所临海的房子里，一双男女，在这里相爱，生活。荷西在群岛的西北角做着一份潜水的工作，三毛则在家做家务，写文章。在一起的时间，他们会听海风，赏落日，看星星，有时也拌嘴吵架，生活得很幸福很幸福。

幸福到上天都嫉妒，嫉妒到要亲手收走他。

荷西在西班牙拉帕玛岛海港的一次潜水工作中溺亡时，不过28岁的年纪。痛失所爱的三毛在文中写：“荷西，这是怎么回事，一瞬间花落人亡，荷西，为什么不告诉我，这不是真的，一切只是一场噩梦。”

慕瞳读到这一句时，泪如泉涌。

当她抵达荷西溺亡的海港，看着晴空下碧蓝的、曾经吞噬了荷西年轻生命的大海，再一次哭得不能自已。

慕瞳那个时候也刚刚失去了她的未婚夫。

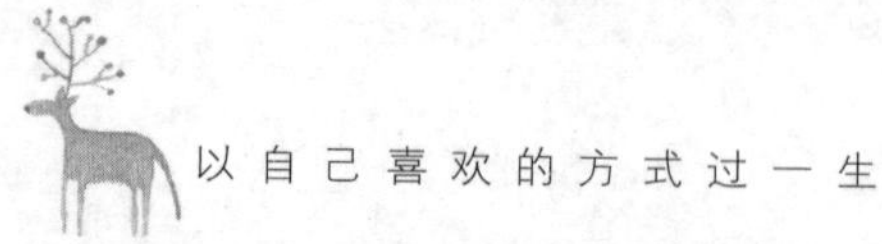

她的未婚夫和荷西一样，是西班牙人。起初，慕瞳被未婚夫甩了。那个比她大4岁的西班牙男人单方面取消了婚约，理由只有一个，不适合在一起。

这真是一句用在任何分手场合都不会错的话。他说不适合，你问他哪里不适合，你会改。他说，不是你的问题，是他的问题。

很好，这样你就无言以对了。他都承认自己有问题了，并且也不愿意为了你改，你还能说什么？非得逼他说出那句“不爱你”？

慕瞳觉得自己还没有蠢到这个地步。她没有再追问。

从一开始，周围的人就不看好这段异国恋情。慕瞳并不在意。她和他的感情这样好，他在这个城市最高的旋转餐厅向她求婚，单膝跪地，求婚戒指上镶着的蓝宝石，像他眼睛的颜色，幽深的蓝，他专注地仰头看着她，那种被爱的幸福感让她置身天堂。

并不打算去西班牙生活，他来中国已经十几年，工作、事业、生活习惯都早已在这里扎根。但他曾带她去西班牙旅行，去见他的家人。在去巴塞罗那港口的路上，他拥着她说：“你知道吗？人们说这里是通往天堂的路，但我只要跟你在一起，哪里都是天堂。”

慕瞳笑得很甜，她也这么觉得，巴塞罗那港口的确很美，但比这更美的，是和他在一起的时光。

和他分手后，慕瞳努力让自己忙碌起来。每天加班，自己去争取新的项目做，不断约见新的客户，跟着上司到处应酬，晚上回家也抱着电脑改计划书。

拼命地忙工作，为的就是不让自己有时间想他，一想起他，心脏就一抽一抽地痛。她怎么也想不通，他们怎么就分手了。到底是哪里出了问题？两个人感情好得很，一点分手的迹象也没有。即使他不爱她了，也总该有个过程吧？

这个疑问一直到慕瞳得知他辞掉工作回西班牙时，才有了答案。

周围的朋友都猜测他要回西班牙结婚。

回西班牙？结婚？慕瞳不信，他明明说过以后会在中国定居的。他明明刚刚才把她甩了，哪里来的结婚对象？

电话打不通，在他所有的社交账号留言，他都不回，最后，慕瞳往他的邮箱发了一封信，信很长，全是慕瞳想说而没有说的话。

信的最后，她说："我不会责备你抛弃我，但你以这样不坦荡的方式离开我，我看不起你，也永远不会原谅你。"

他什么也没有解释，只回复了一句"对不起"。

慕瞳很灰心，原来他真的不爱她了。连回国这样重大的决定，都不肯告诉她。他甚至都不愿意告诉她他爱上了另一个女人。现在，他甚至都懒得解释一句。

爱得浓时，到哪里都是两个人的天堂；一旦爱不在了，她所在之处，就是他避之不及的地方，而他所在之处，就成为她心里的伤。

慕瞳还记得西班牙的风景，白色海滩和蔚蓝海水，明明买张机票就可以抵达，但她这辈子都不能这样做了。

一天夜里，慕瞳在家加班到12点，心情烦躁，拿出手机刷朋友圈。朋友圈里有未婚夫在中国的几个朋友，她见过几次，但和

他分手后就没再和他们联系。

那天，其中一人发了条状态，看起来心情很不好，但他也没有具体说什么事，慕瞳看看也就跳过去了。她觉得自己已经没有立场再对他的朋友嘘寒问暖。

但很快，这个人主动发了信息过来，问慕瞳方不方便聊一聊。

慕瞳和他一聊，才知道真相。

原来，未婚夫选择回西班牙，是因为检查出家族遗传病发作的迹象。据说这种病，有极小的可能发作致死，但如果治疗休养得当，再活几十年也不是不可能。那个朋友说："他觉得这是说不准的事，他不想连累你的人生，嘱咐我千万不要告诉你，但我觉得你有权知道真相。对不起，擅自做了这样的决定。"

慕瞳手指抖了半天，才摁下一条"不，谢谢你告诉我"发过去。

命运弄人，本以为再也不会与那个国度扯上关系。

几天后，慕瞳再一次抵达马德里机场。

未婚夫没有什么变化，他暂住在疗养院，看不出得了重病的样子。见到慕瞳，他不肯听她说话，只执意要她回去。

慕瞳忍住眼泪在病室外面说："你不是说跟我在一起，哪里都是天堂吗？"

"可是我以后只会给你带来地狱。"

"是不是地狱，要由我来决定。"慕瞳一字一句。

但他仍是坚持，丝毫不肯退让。

她终于还是没有办法长久待在马德里，他顽固地不松口，不愿意娶她。

他的爱只有这一种方式，一心只希望她好。可是他不懂，没有他，她根本好不了。

都以为自己爱得更深，都以为自己的决定是为对方好，结果两个人却像两条无法相交的线，错身而过。

签证到期，她只能回去。

没过多久，他在一次病发后死去。似乎是早就预知了这样的结局。朋友说，他走得很安详，他终于没有耽误她的未来，也不曾让她为了他奔忙、难过、受煎熬。

但慕瞳知道，她永远都不可能忘记他了。以后她再恋爱，再结婚，也不会比从前更幸福了。

数月后，慕瞳来到加纳利群岛。她模糊记得，当年荷西死去时，三毛也身在故国，并没有守在他身边。

上天收走你心爱的人时，甚至连告别的机会都不给你。

如今，慕瞳来到他的土地，和他告别。

她以前曾和他一起来过这里。她当时说，这是淹死了荷西的不祥的海。他问，荷西是谁。慕瞳于是给他讲了三毛和荷西的故事。

他听了这个悲伤的故事，沉默许久，才幽幽地说，假如有一天我失去了你，不知道会有多难过。但我会想，我们来过这个世界，幸福过，这就够了。

三毛在荷西死后12年，追随他去了那个世界。

慕瞳知道自己不会这么做。

她只会站在拉帕玛岛上，站在西班牙的土地上哭泣，然后，一点一滴回忆起他们曾有过的幸福。

他曾经说，他来过这个世界，幸福过，这就够了。

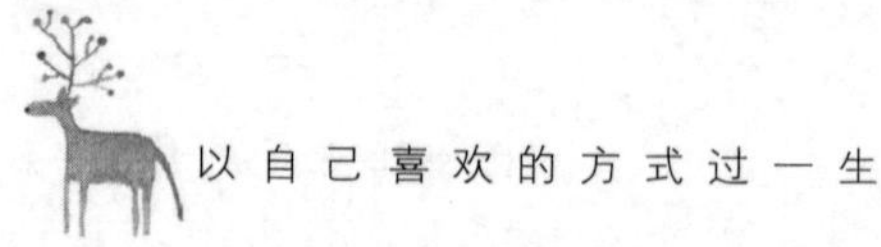

如果天堂有颜色，那一定是大海的颜色，他眼睛的颜色。是幸福的颜色。

相逢的人会再相逢

她着一袭大红色长袍，静静坐在那里。任头顶的灯光烤得炽热，仍面无表情地直视前方，一动不动。

她是阿布拉莫维奇，南斯拉夫著名的行为艺术家。

在这场历时两个半月的行为艺术作品《凝视》中，共有1500个陌生人分别与阿布拉莫维奇对视。人们想尽一切办法引起她的关注。有人冲她大叫，有人默默垂泪，有人以沉默对抗沉默，有人突然脱下衣服，有人穿上和她一样的衣服向她求婚。

无论人们多么努力，使尽浑身解数，自始至终，阿布拉莫维奇都镇定得像座冰雕，岿然不动。

只有一人例外。

当乌雷穿过那些满是自己足迹与回忆的历史作品展区，经过那辆两人曾同住五年的铁皮车，走到昔日的恋人对面坐下时，阿布拉莫维奇突然颤抖着，潸然泪下。

她伸出双手紧握乌雷，他们十指相扣。半分钟里，流尽半生眼泪。

触及灵魂最深处的震撼。

时光在两人身上汹涌流逝，分手22年后，终于和解。泛黄的老故事在那一瞬升华。

这段视频在微博广为流传。这一幕，让无数网友为之动容。

阿布拉莫维奇曾说，一个艺术家不应该爱上另一个艺术家。说这话的同时，两个艺术家却相遇了。

1976年，阿布拉莫维奇在荷兰遇到她的灵魂伴侣，来自德国的行为艺术家乌雷。同一天出生的他们成了情侣，以及搭档。他们扮成双胞胎，自称是联体生物。他们结伴环球旅行，互相鼓励互相支持。

虽然两人如联体生物般难以分割，但在刻骨铭心的12年后，这共生的关系还是走到了尽头。

1988年，他们来到中国。一个自山海关由东向西，一个从嘉峪关自西向东，最终在二郎山会合。他们共同完成的最后这件作品《情人——长城》，也成为两人分手的仪式祭礼。

他们在长城上说了再见，就再也没有相见。内心里，她却始终怀念着与乌雷一起坐在破烂卡车里行走欧洲的那些岁月。

然而爱已不再，灵魂伴侣已然消逝。

直到这次重逢。

生命里，不断有人离开，又有人闯入。而世上只有那么一个人，能让你为之动容。就像扎进心里的刺，锥心刺骨的疼，一生一次就够了。时光会记得，我们曾经深深爱过。

爱，恨，悲，欢。再坚强，终敌不过一颗初心。

时光的老墙满载斑驳的回忆，流年将它们一片一片剥落，从不问因果。岁月无情，淡漠了许多美好的往昔；岁月亦有情，留下了许多明净的过往。走过的路，遇过的人，如何能轻易擦掉，了无痕迹。世上所有的相逢，皆是缘，那些擦肩的背影，交换过的微笑，值得我们用力珍惜。

村上春树说，每个人都有属于自己的一片森林，也许我们从来不曾走过，但它一直在那里，总会在那里。迷失的人迷失了，相逢的人会再相逢。

眉间心上，念你如初。

一生光阴，初心不负。

守着葡萄园，等17岁的梦开成花朵

地铁车厢里，人们推搡着，拥挤着，手机屏发出的亮光映照着人们愤怒与烦躁的脸。车门开启与关闭的时刻，有多少人下车，就有更多的人涌进来，耳机里的歌声从来压不过争吵与谩骂的声音。当然，也有人昏昏欲睡，鼾声响亮。

就是在这样嘈杂的地铁中，与我一起被挤在角落里的一个女孩，一手提着手绘帆布包，一手拿着一本小书在看。不管周遭如何喧嚣吵闹，她都尽可能地靠向角落里，偶尔看一眼人群，再将视线拉回书页中。

我不禁想起去年乘坐欧洲长途大巴从荷兰抵达巴黎，窗外是呼啸而过的风，以及浓得无法穿透的夜色。窗内灯光昏暗，空荡的车厢里，只有几个人倚着靠背沉沉睡去，身上盖着大衣。我拿着相机看存储在里面的照片，与我隔着一个过道的男子，在翻看一本英文小说。

黑夜属于沉默，我们谁都没有说话。

抵达的时候，大概是凌晨三四点。巴士站紧挨地铁站，走一小段路便可到。地铁站里躺着很多流浪者，经过他们时，我觉得自己与他们并无不同。买票时，在巴士上看书的男子走来问我去哪里，我转身看他，他的眼睛里是一望无际的深蓝，我的心理防线忽然卸下来，微笑说，要去萨尔格米讷的古城，去看看那个并不著名的葡萄庄园。

他说，开车去会更方便，也更能享受沿途小镇的风光。

于是，我们从地铁站走出，租了一辆车，我们轮换着驾驶，沿着曲折的盘山公路前行。一路上看到萨尔运河蜿蜒流淌，快要抵达时，远远就看到了河谷地带遍布的葡萄园。

《爱在黎明破晓前》中，来自美国的杰西在火车上遇到了来自法国的赛琳娜，两人各自看着一本书，而后交谈甚欢，诉说彼此的过去，浏览窗外的风景。杰西到站时，说服赛琳娜与自己一同下车。

在维也纳这座城市里，他们漫无目的地游荡，坦诚地面对自己与对方，没有防备，更无须掩饰，在你来我往的交流中，做着一次又一次默契的展示。

最终，在后续影片中，他们成为彼此的伴侣。

而我和这个搭伴去葡萄庄园的男子，在仅有的一次接触中，并没有编织出意味深长的关系。在两两相散后，我记得更多的反倒是他开车的缄默无言，以及路上不动声色的景致。当然，还有从葡萄庄园里，听来的掺杂着葡萄酒香的故事。

自此之前，无论是喝到的葡萄酒，还是听到的与之有关的故事，都是舶来的。唯有这一次，置身于波浪般的葡萄架中，才真切感受到葡萄酒国度的芬芳。即便还未来得及喝上一口，心底也会涌起一种酒不醉人人自醉的快意。

说实话，这里的葡萄酒并非最好，波尔多和勃艮第才是酿造葡萄酒最好的地方。但我却爱上了这里的清净。酒庄里多半是当地人，彼此交流都说法语，语速很快。他知道我听不懂，便主动当起了翻译。

人们都很热情，彼此打个照面都会停下来寒暄几句。我随着他点头示意，面容上带着轻松自然的微笑，已经很久没有这样发自肺腑地笑过。

那一天庄主恰好得空，便带我们一起参观了葡萄园。游走在一行行墨绿色的葡萄架中，我总忍不住伸出手去抚摸绿叶与果实。走到庄园深处，优美的景致更甚，而庄主却不似先前那般健谈，表情也由轻快自豪，渐渐转为凝重悲伤。

这片庄园静谧无声，发生过的故事却总不能守口如瓶。

丘比特当年射出的并不是一朵玫瑰，而是一支箭，因而我们在享受爱情的浪漫时，也得品尝它给予的疼痛。

坐在刻意仿旧的木屋中，庄主打开一瓶葡萄酒，斟满我们手中的高脚杯。碰杯之后，他抿了一小口，长舒一口气开始诉说自己的故事。

在他17岁那年，他第一次离开父母独自旅行。旅程最后一站是以自由为名的阿姆斯特丹，灯火流溢的深夜，他坐在沿街的酒吧中，独自喝着喜力啤酒。微醺的时刻，他与当地的一名女子踩着旋律跳起舞蹈。

一夜狂欢之后，酒意驱散，身上却留有那名女子耳鬓上的迷香。沉睡了17年的爱情，第一次被一个异国女孩唤醒。

切斯特顿说：“爱任何事物的方法，就是要意识到你可能会失去它。”但是，情窦初开之人，哪里会顾及这些，只是不顾一切热烈而尽情地去爱，不自觉地便有了一种山崩地裂的气势。自然，这股气势也伴随着任意妄为与自以为是，一味畅想着永恒，大开大阖之际从未生出失去的意识，如此也就更无从说起珍惜。

他把回家的日期一再延后，恨不能与她时时刻刻厮守在一起。那年夏天，比以往任何时候的雨水都多，他们坐在运河两岸红色的木屋里，啤酒配着咖啡，就是一段橘黄色的午后时光。女王节的全城派对上，他们牵着手游走在拥挤的人群中，由于贴得太近，甚至能听到彼此的心跳声。

那一晚，他们说话最少，却离爱情最近。派对结束后，人群渐渐散去。他踩着满地的啤酒瓶碎片，在街灯的柔光中，低下头轻轻吻了她。

在人声喧嚣的火车站，他们约好明年同一时间再在这里相见。他提着行李走上火车，隔着玻璃窗，读懂她的手势与唇语，以后要和他一起去看法国的葡萄园。

虽然那时，他们并不懂，誓言之美，并不在于最终是否能实现，而在于说出的那一刻，说者与听者都愿意相信。

从那以后，庄主守着那一大片葡萄园，等待着17岁的梦开成花朵。

每一年到了特定的时候，他都会放下庄园的工作，只身前往阿姆斯特丹。多少岁月已成过去，他的掌心只留下一道抹不去的痕迹。

心中爱情太多，相守时间太少。所以，凡事难有永恒，却有永恒的爱情故事。

接近黄昏，葡萄架上的绿色染上一层橘黄。

我们准备驱车离开，庄主却提着很轻的行李站在车前。我们把车窗摇下来后，庄主有些不好意思地问能否搭顺风车。我们相顾而笑。

无须问，他当然要去阿姆斯特丹。

PART 5

孤单，
是一个人的狂欢

做个树一样的女子，倔强而骄傲

两年前，我去草原旅行。

黄昏时分，走路回民宿，漫天彩霞将草原染成几种不同的颜色，像被打翻的颜料般随意而绚丽。落日的余晖映在无边原野中仅有的几棵树上，照出长长斜斜的影子。

路的尽头，是牧人牵着一匹马，孤独地走着。

《来生做一棵树》自然而然地出现在脑海中：

如果有来生，要做一棵树，站成永恒，没有悲欢的姿势。一半在尘土里安详，一半在风里飞扬，一半洒落阴凉，一半沐浴阳光。非常沉默，非常骄傲，从不依靠，从不寻找。

有时候，成熟是一瞬间的事，不在乎时间长短。

该经历的事总是要经历，既然无法避免，那就勇敢地面对。这不过是最实在的处世哲学。没有什么事能善始善终，也没有什么人会陪我们很远。

很多事情，并非争取了，努力了，就会有个好的结果，比如爱情。

只不过是不想让你自己后悔。可是，常常却是那些粉饰性的字眼一次次让你心安理得地勇往直前，无所畏惧。

都不知道，在别人眼中，其实，不过是个小丑，仅此而已。

你的偏执，也许，用在了错的事与错的人上。

我记得那段时间夏末的痛苦，爱是那么身不由己。如果可以，夏未说，她也不想爱上一个不爱自己的男人。

绝望的时候，我们陪在她身边。

夏未自嘲地笑笑，我是不是很傻。我不需要他常常对我嘘寒问暖，不需要他为我买东买西，我甚至不需要和他天长地久，山无棱天地合，才敢与君绝。我只需要，他有那么一点点是真心爱过我就好。

是，真傻，傻得自尊都可以抛弃，傻得低到尘埃，还开出颤抖的花，傻得我们只想给她两巴掌，好让她彻底清醒。

不出意料，那个男人再也没有出现过，在夏未和他某次冷战后。

夏未后悔对他发脾气，后悔冷战，以为不冷战，他就不会离开自己。这样也好，越早离开，对她来说，越早解脱。伤痛虽然难以接受，但总好过温水煮青蛙，不知不觉就耗掉半辈子，而无法脱身。

有的时候，人只需要对自己狠一点，狠一点，再狠一点。

这个世界，有些人出现在生命中，只是为了告诉我们："你出现过，丢下过我，我才明白遗忘并没有想象的艰难。这或许是你给予我，最后的意义。"

一个人能拥有的，并不多。大多数都只是过客，最终还是要离开的。

"爱是两个人的事，如果只有你还执着，纠缠，原地打滚痛苦地爱着，时过境迁之后，你会发现是自己挖了个坑，下面埋葬的全部都是青春。"夏未曾经说很喜欢这句话，还念给我们听。现在，是不是也该说给自己听。

前些日子，大家好不容易周末聚在一起。

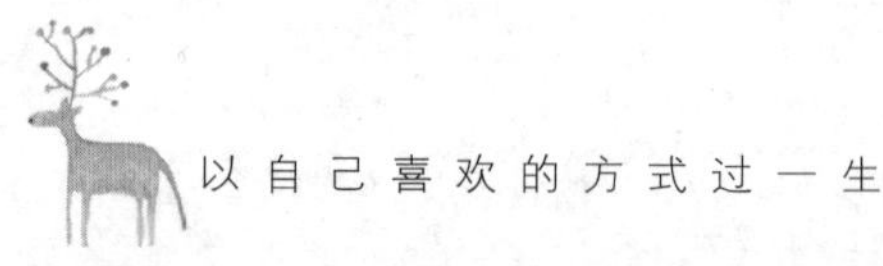

从电影院出来，看到那个他和新女友走过来，夏未很没骨气地低下头，抓着我们就往旁边走，不想被人发现。那急骤的手，因为紧张而不停地颤抖。

但亲爱的，你根本不需要这样。

狭路相逢勇者胜，你听过没?

越是这样狭路相逢的时刻，你越要昂首挺胸，开开心心地笑对他和新女友。不然，人家以为你还陷在那段恋情里走不出，只会更开心。

因为，确认你还喜欢我就好。这是大多数男人分手后最乐意看到的。

后来，我们边说边笑地经过他俩身边，眼都不斜一下。形势上不比人家强，表面上装还是要装得过去。

这无关虚荣或逞强，是心态。

纠结的，不是别人，正是你自己。

对你而言，没有无可奈何，也没有遗憾之说，它只是你漫漫人生路上的一个教训。在年少轻狂的青涩时光，那段空白而自作多情的记忆，就让它一直保持原样好了，有时候，不完美即意味着完美。

人生有那么多的遗憾、教训、不舍、离别、痛苦，这一点点，不算什么。一定的年龄，能幼稚过偏执过，或许还是件好事。

那些过去的就让它过去好了，像泡沫般不留任何印记。

期待是一切痛苦的根源。不再有所期待，我想，你大概也不愿痛苦地生活。

每个人都在过着看似平淡却急匆匆走向不同方向的道路。

每个人都在失意的事中或主动或被动地选择了新的开始。

每个人都在时间的推动下，不声不响地开始新生活。

而这，是你可以并且能够选择的方式。

是像一棵树般昂首挺立，还是像藤蔓，永远依附于他人，缠缠绕绕？

亦舒说，聪明的人从不报复，他们匆匆离去，从头开始。

现在，你终于开始过得那么好了。

每天24小时，花10个小时做你喜欢的事。和那些可爱有趣的同事一起工作吃饭聊天；一起替他们过生日，一起去喝酒千杯不醉，一起去学探戈，一起去打网球，一起去做美甲；一起接受客户的赞美与认同，那都是每一天最最开心的时刻。

你愿意花5个小时，文火慢炖一盅麦冬雪梨叶片汤暖胃。

睡之前，看看喜爱的书，或者电影，任凭思绪胡乱纷飞。

你知道，这是一座山，没有人陪你一起爬，也没有任何可以支撑的东西。你唯一能支撑的不过是自己的意志力。

你得慢慢地一步一步走出来，就算是脚踏荆棘，也不能有半点退缩。因为，这对你来说，是最佳的选择，也是最好的路。

这样一个人的状态，你已经很习惯，也感到很安心。

不再害怕，也不再焦虑。

晚上抬头望着晴空，为自己默默地点赞。

后来，你身边也出现了那个视你如珍宝的人，千帆过尽，只取一瓢饮。还是终有一人快马加鞭而来。

那个真正爱你的人，他不忍心让你久等。

你再也不会悲伤，昂扬成了你永恒的姿态。那个重要的人欣赏你，支持你，护你周全。

你坚强自信地挺立，像棵树一样，倔强而亮丽。

在每一个风起的日子都翩然起舞

每个人都无法定义一段时光的好坏。你在某一段时光中哭泣、埋怨、愤恨，以为那是一段再糟糕不过的时光。但当那段时光真切地成为过去时，它便会具有值得纪念的特质，带上难忘的标签。

当时痛苦也好，幸福也罢，或许都是特定阶段的感受。唯有享受每一段无所谓好坏的时光，回头看这些年月时，才不至于觉得失望或遗憾。

浏览朋友圈时，曾看到美国女孩谢尔比·斯温珂在结婚前5天被未婚夫悔婚的消息。

在这个碎片化的网络时代，手机里最不缺的便是这种煽情的故事。尽管与自己没有任何关系，我还是点进去津津有味地看起来。看到最后，我竟然喜欢上了这个故事，以及故事中那个胖胖的女孩儿谢尔比·斯温珂。

23岁的谢尔比·斯温珂倾注全部精力爱着男友，满心期待能与他走进婚姻殿堂，却丝毫看不到他眼神里逐渐冷下去的热情。她终日沉浸在自我制造的幸福假象中，忙着发请帖，布置婚礼现场，甚至为举办一场完美的婚礼，牺牲无数个夜晚的睡眠。她说：“我将心力与灵魂投注在这场婚礼中，因为我要这庆祝着我们爱情与承诺的一天，完美无瑕。”

然而，在举办婚礼的5天前，男友突然坦言早已不再爱她，毅然决然取消婚礼。谢尔比·斯温珂万分悲伤，觉得整个生命被抽空，只剩下一具没有灵魂的躯壳。

爱一个并不爱自己的人，等于失去了身心的自由，像是双脚被系上一根无形的绳索，将自己牢牢牵绊住，而绳头握在别人手中，任人操纵。但是，痴心爱着的人，却乐得如此，恨不能被牵绊一辈子。如若有一天，对方丢掉了这根绳索，还给了自己自由，自己非但没有解脱之感，倒觉得被全世界抛弃。

谢尔比·斯温珂便是这样。她蜷缩在角落里哭泣，悲伤，质疑爱情，也质疑自己。同时，她取消订好的酒店，打电话通知宾客婚礼不能如期举行。从云端失重摔到坚硬的地上，打破了她正做着的一切美梦。

对谢尔比·斯温珂而言，被未婚夫放鸽子的那段日子，是最灰暗阴沉的日子。没有温暖，没有光亮，有的只是锥心的疼痛、冰冷的眼泪，以及对整个世界的失望。然而，天空还未坍塌，暴风雨终会过去，这段被悲伤填满的时光，终会被生活的大浪冲刷而去。

婚期一日日临近，谢尔比·斯温珂仍被痛楚裹得严严实实，随时有窒息之感。然而，在摄影师的鼓励和建议下，她决定穿着婚纱，与伴娘、父母一起拍摄一组以“毁灭婚纱”为主题的照片。

谢尔比·斯温珂和伴娘用羽毛蘸着五彩涂料在彼此身上胡乱抛洒，肆意涂抹，摄影师则在一旁抓拍、记录。短短的时间，谢尔比·斯温珂的脸上与身上便沾满了颜料，五彩缤纷。那个瞬间，她脸上终于绽放出了不含任何杂质的笑容。谢尔比·斯温珂说道：“当第一笔颜料沾到我的那一刻，我自由了。”

能够失去的爱情，并非真爱；能够说走就走的人，并非对的人。唯有给自己松绑，才能看到走过这段曲折的路途，穿过幽深的深林，抵达真正想要去的地方。

如果不是未婚夫临阵脱逃，谢尔比·斯温珂很可能不会重新获得自由的灵魂，更不会知道没有人可以剥夺自己的快乐。

在她拨开眼前的层层迷雾，看清周围的美景后，这段掺杂着苦涩滋味的时光，恰好转变成了她生命中最具有纪念意义的时光。

当你被年轻抛弃，被青春赶到门外，你抬起头时，会扬起怎样一张面孔；面对生活的琐碎与艰涩，你又是如何去应对；再有爱情出现时，你是否还会像年少时那样随性而欢愉，不惧怕也不闪躲？

如果你对生活早已失去了耐心，从恬静的小女生变成了爱计较的焦躁女人，当幸福按响门铃，你定然无法以最好的姿态将它迎进房间里，所谓的好时光也就变成了生命中的坏时光。

时光是好是坏，其实都由自己而定。日子中无法避免柴米油盐，但在这之外，还应该有诗意存在。岁月在我们身上烙下印记，但我们可以把走过的路程，经历的事迹，沉淀成自己生命中独一无二的质地纹理。等到那时，我们的目光非但未随着时光黯淡下去，反而会因岁月的洗礼而变得更加纯净，面目也会因此而更加柔和温善。

诚然，时间会带走我们的青春，在我们脸上留下皱纹，甚至是疤痕。这些都是无可更改的，但我们手中可以紧紧握着的，是对未来的期待，以及对生活的热忱。

时光可以柔软如水，也可以坚硬如冰，可以温暖如春，也可以寒彻如冬，关键在于我们是不是全心全意沉浸其中，以最好的姿态去填充生活的空白。假如真能做到这样，在我们眼中，每一件事物都是一种美好的存在。

愿你饱经风霜之后，还有一颗轻盈剔透的灵魂；

愿你历经风云之后，对这个荒芜的世界还抱有信心。

享受每一段无所谓好坏的时光，把琐碎而坚硬的生活，过成自己梦想中的样子。或许这并不是一件容易的事情，但每天都保持一颗明朗的心，乐于探索这个世界，孜孜不倦追求美好的生活状态，到最后我们终会发现，我们想要的就是我们正在走着的路。

孤独，是时光的馈赠

我喜欢喝茶。

孤独是时光的馈赠。

就像在玻璃杯里缓慢舒展开来的茶叶，芬芳自散，不屑花香。

在那个特殊的年代，人们似乎变得不一样了，过去旧式“三大件”到新式“三大件”的转变，人们似乎都已经看到了幸福的模样——一个建立在物化基础上的未来生活的样子。

但终究还是有些东西，是物化生活满足不了的，于是物质的极大丰富，并没有让人们感觉到更幸福，反而让人们的生活感受走向反面——幸福感日降，让几乎所有的社会阶层都感到了焦虑和不安，进而抱怨连连。

现代人好像显得很焦虑，很痛苦，每天来来回回，就像卡夫

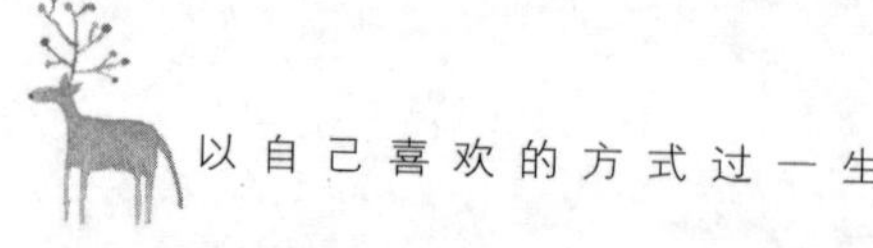

卡笔下那只不知累地钻来走去的虫子。我们也的确像虫子一样，地铁里熙熙攘攘，每个人都在“赶时间”。但是，“时间”真的是“赶”出来的吗？

千百年来，佛道文化一直浸淫着人们的灵魂，甚至曾一度左右过某个封建王朝的走向，尽管如此，细究起来，其实国人并没有完全信奉那些东西，不然，也不会发明“临时抱佛脚”这个词汇，而去真正地信奉神灵、普度众生了。

物质的丰足才会更显得心灵的无处依傍。

于是，腰包渐鼓的现代人，便更多地披起了祈求神灵的虔诚的外衣，行施舍的善事，显示自己的大方，求得那一瞬之间全身凛然的感觉。至于之后的事情，那就看神佛的保佑，以及他们的意愿了。

而佛道修行之士也配合人们的这种心理，动辄便要求“施主”施舍成千上万块，似乎捐钱修筑了那些神仙塑像，施舍者便可以在神仙的庇护下，为所欲为了。

中国古人也曾敬畏上天的神灵，也曾把“天人合一”作为自己的信仰来追求，也曾懂得“适度”的道理。也许，当国人谈到“信仰”这个词汇的时候，大多是要表现自己的执着，而非宗教了。

于是，便又有很多人都在指摘近代所发生的运动。这些打着“解放”“进步”幌子的运动，几乎每一次爆发都在摧毁着人们心理业已坍塌的信仰大厦，并且连它的根基都清扫得一点不剩。然而，破坏者们只给人们树立了一种主义，而没有再为人们确立信仰的打算，让人们逐渐长成没有信仰的一群人，内心洁白得甚至比得过一张白纸。

于是，当改革的大门被打开之后，几乎所有的思想因子，都能在内心脆弱的国人中间，找到一片生长的土壤，改变着我们的生活，肆意耕耘甚至主宰着我们的意识，让我们身边的每个人，都在经受煎熬的同时，却又表现得无可奈何，让幸福感离自己的生活越来越远。

我又想起了一则墨西哥的寓言故事。

一群人都在急匆匆地赶路，其中的一个却突然停了下来，让同行的人感到很奇怪，为什么不走了呢?

停下的人一笑，答道，我走得太快了，把灵魂落在后面了，所以我要停下来，等等它。

一群人又有了说法，说我们走得太快了，要等等“灵魂”。

不过，我们要等等“灵魂”的话，谁又来等等我们呢?我们到底是自己想要跑得那么快、那么远，还是不得不这么做呢?

每个人都在拼命向前奔去，可是前方空无一人，只有不死不休的攀比和欲望。

一个人的鸳鸯锅

前天晚上徐心念给我打来电话，告诉我，她终于和柯磊离婚。

我是一个嘴很笨的人，不会安慰人就只能问她，你还好不好？接着电话里就传来她爽朗的笑声。我一颗心重新落到胸腔里，知道她终于从7年的婚姻困境里获得解脱。

我问她是不是已经吃过饭，如果不怕麻烦就出来一起吃。她对我说，不用担心她的心情是不是很糟糕，这是已经注定的结

局，放下电话后，她准备在家里吃火锅。

“吃火锅？一个人？”我吃惊地问道。

“是啊。一个人不能吃火锅吗？我已经买好了鲜羊肉、青笋、空心菜、金针菇、红薯片、麻豆腐、宽粉、蘑菇。对了，昨天去逛街，我还特意去买了一个鸳鸯锅，自己想吃辣的就吃辣的，不想吃辣的，就在清汤里涮菜。”她的状态比我想象得更好。

我只能想象徐心念在冬夜独自吃火锅的场景。鸳鸯锅里一半沉静，一半火焰，她不断向锅里加入爱吃的菜和羊肉，一边吹开热气，一边将锅里刚好煮熟的菜夹到自己的碗中。然后，她大快朵颐地吃起来，不用顾忌自己的形象，也不用为了保持身材而刻意把爱吃的菜拒之门外。

偌大的房子，她只打开了厨房的那一盏灯。昏黄的光线，让她整个人变得格外温馨。至于对面窗子里时常出现的一家三口坐在一起吃饭的场景，她如今已经能做到大方地给予祝福，并且不再对自己苛责。

吃饱之后，她在洗碗池里放满热水，戴上洗碗手套，将用过的锅碗瓢盆洗刷干净，并放回原位。继而，她削一只苹果，拧开客厅里的灯，看一部过时的影片。

以这种的方式度过冬夜，冬夜便不再那么漫长难熬。

徐心念自幼便是个美人胚子，小学五年级时已成学校里公认的校花，放学后一群男生争着要骑自行车载她回家，甚至有一次两个男生在下课后一起去厕所，回来后各自脸上都多了拳头留下的青痕。后来我们才知道，他们两个都喜欢上了徐心念。

因为长得太美，同性就少有人愿意和她做朋友。毕竟，人们都不愿意站在她身边，去衬托她那份超凡的美丽。只有我和苏锦两个人，像往常那样和她保持着亲密的关系。

升上初中，她和苏锦一个班，我被分到了另一个班。我重新找到了自己的朋友圈子，她们两个人的关系则更加要好，但我们三个在放学后还是会一起回家。

有一段时间，她们两个人的谈话里经常出现蒋言的名字。那时候，我还不知道蒋言是谁，只是从她们两个人暧昧的语气里知道，徐心念喜欢蒋言。

在一次年级篮球比赛上，啦啦队大声喊“蒋言加油”。我转过头悄悄问同桌谁是蒋言，同桌伸出手指指那个穿着蓝色8号球衣的男生。我顺着她的手看过去，看到那个人五官帅气，身形矫健，把住篮筐就扣进去一个球。

如果说徐心念是校花，那蒋言应该算是校草。他们确实很相配。也难怪在放学的路上，苏锦提到蒋言的名字时，徐心念的耳根会烧红。

初一上学期期末考试后，我们三个人一起回家。

在路上，苏锦从书包里拿出一封叠成心形的信，交给徐心念。徐心念看到信封上写着蒋言的名字，眼神里顿时交融着羞涩与惊喜。苏锦对徐心念说，如果你也喜欢他，就给他回信，信笺还是由她来传递。

我和徐心念的家只隔着一条街，往常我都是背着书包去她家里写作业。但在那个寒假，她背着书包来到我家，习题册里夹着很多张彩色的信纸。我们把门反锁上，两个人商量着怎么把回信写得既矜持又意思明确。

临近除夕，她才把那封信写好。字迹娟秀，一笔一画都小心翼翼。她没有把信纸叠成心形，而是假装随意地折成了长方形。

她把这封信交到苏锦手上，让苏锦以最快的速度把信转交给蒋言。

那个寒假对她来说，是最漫长最难熬的一个假期。漂亮的成绩单，以及爸妈给的压岁钱都没有给她带来任何快意。

她是那么心急如焚地等待开学与蒋言相见的日子，但她并没有想过，再次见面会是怎样的场面。

那天，我们三个人一起去学校。走到门口，正好听到熟悉的同学在小声说，蒋言和裴婷在一起消息。裴婷也算是学校里一个姿色不错的女孩。

徐心念的脸瞬间变得惨白，但她又不得不假装若无其事地大步迈进教室。在教室门口，撞到恰要出来的蒋言，她连头都没有抬起。

我看着身边的苏锦，问她是怎么回事，她也只是摇摇头，表示自己也一头雾水。

蒋言确实和裴婷恋爱了。徐心念只当没有回过那封信。追求她的人还是排着长队，但是她都直截了当给予拒绝。

有一天放学，我们三个人一起回家。半路上，蒋言忽然出现在徐心念面前。徐心念让我和苏锦在下一个路口等她。

大概半个小时之后，徐心念重新出现在我们的视线里。苏锦刚要挽住她的手，她却奋力甩开，大步朝家的方向奔跑离去。从那以后，她再也没有和苏锦说过话。

苏锦蹲在原地，哭着告诉我，她没有把徐心念的信交给蒋言。

“为什么？”我大声地问。

苏锦一边哭一边说："凭什么大家都喜欢徐心念？我只不过个子比她矮一点，肤色比她黑一点，头发比她黄一点，成绩比她差一点，但大家的眼里就只有她。我不甘心。"

所以，当苏锦知道裴婞正在追求蒋言时，她便故意把徐心念的回信藏起来。蒋言得不到回复，只好意气用事牵起裴婞的手。

在那时，我第一次知道女人的嫉妒心，是这样可怕的东西。

裴婞为了留住身边的男孩，不断警告徐心念离蒋言远一点。

徐心念只好找了一个借口，说服父母转到另一所私立封闭高中。从那以后，她再也没有见过蒋言。

我当时以为，换到一个新的环境，徐心念很快就会忘记这片落着雨的云彩。但过了这么多年，她仍然没有忘记那份没有机会成长的爱情。

在私立学校，徐心念的成绩一落千丈，中考时连最普通的高中也未能考入。所以，她的学生生涯就此中断。

我则因升入高中后功课越来越繁重，而与她的联系越来越少，只是偶尔从共同的朋友那里听几句关于她的消息。有时碰上节假日，我们也会在她家里或是我家里消磨整个下午。

仍然记得在高二的那一个夏天，她要我跟着她去见她男朋友柯磊。

"你有男朋友了？"我很吃惊。

"要帮我保密啊。"她脸上出现的羞涩神情，和在初中听到蒋言的名字时一模一样。

她穿着白色的连衣裙，站在柯磊身边，有种小鸟依人的信赖感。柯磊也很帅气，但他的帅气和蒋言不同。蒋言的帅气更时尚阳光一些，而柯磊的帅气则带了一点居家温润的气质。

他们的爱情，受到过来自双方父母的阻挠，也受到过来自柯磊那些前任们的挑衅。因为柯磊身上具备女人要求的一切条件：外貌出众，性格温和，家庭富裕。

但是，最终他们还是顶住了各方面的压力，在我大一下学期举办了婚礼。婚礼前一天，她趁着没人的时候告诉我，最近她一直梦见蒋言。原来，初中时在心里留下印记的人，会一直刻在心里。

我想，岁月应该给她一次再见蒋言的机会。或许，只有这样，她才会真正放下。

结婚三年之后，她生下一个女儿。

因为怕女儿夜里太折腾，影响柯磊第二天上班的精神状态，徐心念便主动提出让他去另一个房间睡。

谁知他竟这样睡习惯了。女儿满1周岁后，他仍然在另一间屋里独自睡。

这样分居的生活，一过就是3年。

他仍然像以前那样每逢结婚纪念日就给徐心念买很昂贵的礼物，但是他的眼里已经看不到任何爱怜。

她独自在家里照顾女儿，做杂务，等他回来吃饭，忍受他越来越糟糕的脾气。她任劳任怨，开始习惯这种寂寞孤独的生活。当然，有时候她并没有时间多想什么，女儿一声啼哭，她就得中断思路哄她重新露出笑脸。

直到有一天，徐心念在洗柯磊脱下的衣服时，从口袋里掏出一管只剩下一半的口红。

离婚的念头，就是在那一刻萌生，并且以不可抑制的力量迅猛增长。

徐心念开始失眠，大把大把掉头发，一日一日憔悴下去。

拖拖拉拉近一年，徐心念和柯磊在一次彻夜长谈之后终于签署了离婚协议。

离婚之后，她在超市的火锅材料区域忙着购物时，有人犹豫着叫出了她的名字。她拿着一小袋金针菇回过头来，看到眼前的人正是蒋言。

十几年不见，如今在超市碰头。没有丝毫美感可言，但已足够让她泪湿眼眶。

结账之后，他们到附近的西餐店坐下。他们没有点菜，只要了两杯饮料，随便聊起各自的近况。他告诉她说，最近又添了一个儿子，夜里起来好几趟。她看着他购物袋里的尿不湿，一直夸赞他是个好丈夫。她说，她刚离婚不久，一个人重新过日子。

在离开时，他几次回头看她。她只是背朝他，高高举起右手道别。

是的。已经见面，只能道别。

他依旧是别人的好丈夫，而她要重新等待幸福来临。

回到家，她哭了很久。

哭泣过后，她又一次端出鸳鸯锅，放好底料，洗好买来的菜，独自吃热气腾腾的火锅。

在接近11点的时候，她给我发来一条很长的微信："我想我还应该保持生活的热情，我还应该期待，我会遇到一个可以一起变老的人。老了之后，我们一个人推着另一个人的轮椅，在养老院里回忆往事，甚至像老顽童那样玩一局老得掉渣的《星际迷航》。而在这之前，我得让自己重新美丽起来。尽管，打败孤独，是一件太过困难的事情。"

我回复她："记得以后吃火锅的时候，叫上我。"

然后我们对彼此道声晚安。

在最孤寂的冬天，努力活得丰盛

从《致青春》到《匆匆那年》，从《何以笙箫默》到《左耳》，80、90后的青春形象被不断地搬上银屏，不少人怀抱着记忆，想在影片里寻找有自己影子的那些私密而有独特的体验。

恋爱大过天，失恋甚于死，这就是小众青春电影的魅力。

一恍然一瞬间，光阴是这么不动声色地，把那些遥远黄昏里的记忆，扫进一地琉璃的角落。

世界瞬息万变，我们在这样的节奏里生活和呼吸，三年，五年，甚至更长，理想会褪色，激情会麻木，还有什么是不变的？青春里的疼痛和寂寞，都是由此而来，而我们却不自知。

越长大越不安，看着梦想的翅膀被折断，也不得不收回曾经的话问自己：你纯真的眼睛哪去了？也突然间明白，未来的路并不平坦。

这和爱情里的惯例是一样的，刚开始的时候，给你一点，你就觉得情深似海，后来即使把心都掏给你，你也嫌不够。人是贪心的，特别是在得到以后，并且不觉得自己拥有的已经是多么庞大。

小时候，有颗糖就可以含在嘴里甜蜜半天，堆个泥城堡也专心致志地好像在搭高楼大厦，爬树下水样样在行也不怕脏了衣角，即使被骂也还计划着明天要约小伙伴再去。而现在，世界跟儿时想象的一样精彩繁复，有太多似乎触手可及的乐趣和诱惑。

即使是电视剧里十恶不赦的大坏蛋也有着最纯真的年龄，只是后来我们都变了，往不同的方向走，刚开始可能会结伴而行，也曾天真地发誓要一直这样一起走下去。不过，人生中的十字路口在不断增加，甚至不需要妥协不需要争吵就自动兵分两路，于是慢慢地，就只剩下自己一个人。

一个人的行走是不可耻的，可耻的是孤单。

对于青春来说，有时候“孤单”和“空虚”是可以画等号的。

人山人海里，你无法忍受自己的内心孤零零。就像白娘子在雷峰塔里的十八年，孙悟空在五行山里的五百年，那些空落落的岁月里，你想要什么，都得不到，你不知道梦想是否可以实现，于是你想试遍这世上的所有办法。

在最叛逆的那些时光，也曾大声说未来的路自己走，不要你们管，仿佛是向世界宣告自己的存在，仿佛只有这样，才能证明自己，才能吓跑年少不安的胆怯灵魂；受了伤就只会哭着唱，每颗心都寂寞，每颗心都脆弱都渴望被触摸。随着年龄的增大，不可改变的现状与理想的差距带来的孤单感也愈演愈烈，你会发现，越来越没人在乎你的感受。

因为早高峰你被挤得几次上不了地铁公交，甚至被踩坏了高跟鞋，挤掉了手机，而公司的打卡机只会忠实地记录下你迟到的时间，谁让你不早点出门？

你生病了，感冒发烧咳嗽，痛苦万分但还是来上班了，领导第N次打回你的方案，你说身体缘故力所不能及，换回的是一句：身体好的时候可以做十分的事情，身体不舒服只能做到五分，既然这样你还不如请假。

你失恋，前一晚醉倒在酒吧，被朋友拖回家，吐了哭了也骂过了，第二天早上还是得按闹钟响起的时间起来，没有人可以为你的难过埋单。

“疼痛”不是青春的外衣，找不到努力的正确方式，再怎么大声喊叫，世界都听不到。这个社会，并不认可无缘无故的矫情和没有任何价值的骄傲。很冷漠，也很公平。

走入社会，张狂和叛逆离我们大多数人已经越来越远了。那些不切合实际的幻想已经越来越少，取而代之的是巨大的失落。

我们曾经用自己的方式证明自己的存在，可后来却在求证的过程中迷失了自己；我们曾经想通过自己的力量得到独立，并且粗暴地拒绝父母的关心，可却发现离开父母和我们朝夕相处的环境根本连生存都没办法保障。

我们是这么无可奈何地发现，我们改变不了现状，反而被现状改变了。因为我们已疲倦，已不复激情不复昔日的冲劲。我们越想越迷茫，恐惧和不安胀满了依然年轻的天空。

大学的时候，有位专业课老师在给我们上的第一堂课说了一句话：“你们这个年纪有权力说错话，有权力愚蠢。”

但是，这个社会，到底能够容忍我们犯多少次蠢？每个人都会经过自己的青春，却没有人能回答这个问题。

你需要在跌倒后一次次爬起来，叮嘱自己谨记教训，以防止下一次爬起来，已经赶不上大部队。最好的办法是，减少自己犯错的机会，起码要比别人犯错的次数少。

在空虚得足以吞下自己形体的无数个白天和夜晚，文字成为我形而上的依靠。我逃避华丽喧嚣的东西，用最简单的语言去描绘我接触到的世界和人的内心。

有时候能够成功，因为一个人最无法欺骗的，就是自己的内心，有时候不行，因为庞大的假象下，人心有时候就是华丽大袍下的虱子。还有的时候，写很长的文字，却无法准确表达某种心情。

那是因为内心的动荡不安。

越长大就越不能随心所欲地抒发感情，因为有了羞赧有了踌躇，对日益庞大的孤单无所适从，对无法掌控的未来和当下所见有了惧怕，不知如何诉说这无从诉说的世界。

但是等过了一段时间以后回头看，那些浸染自己悲喜的小文字，已经生动和鲜活起来，我才模糊地感觉到，我们似乎都要经过这样无所适从的年纪。对于未来指手画脚过，也畏首畏尾过，然后才能跨过那些被我们主观承受力放大了的伤春悲秋，才能切肤地体会必经的艰辛，我们才得以有足够的勇气哭出声来，发泄我们被孤单和无助压迫的那些光阴，我们才得以拥有热泪盈眶的青春。

很多时候，我们以为无法企及的温暖，其实隔着一道屏障和我们遥遥相望，只不过那时候的我们，因为太过害怕伤害而拒绝路过。

20岁的时候看到这样的句子，“如果有天我们湮没在人潮里，庸碌一生，那是因为我们没有努力活得丰盛。”这些话，我看到后，就一直虔诚地记得。这些年来，走出自我膨胀的欲望，走出自我的小伤悲，已经开始渐渐平视这个世界。

小时候怕被别人抢走心爱的玩具，长大后怕走不出失恋的悲伤，成熟之后怕无法圆熟地与世界打交道。然而，我们就是这么过来的，就像那首歌里唱的，一步一步走过我的孩子气。

总有一天青春会谢幕，我们会连无知地伤悲的能力都丧失掉。但这未必不是一件好事，你可能再也不会去思考自己是孤单还是寂寞，但是你会开始发现，即使站在热闹的人群，都不再害怕，即使一个人，都能自得其乐地享受人生。

成长的代价是巨大的。你也很可能会面临这样的阶段：将时光分为年月，将日子分为钟点，一点点地熬过去，内心空旷，一片死寂。

我曾经在一次讲座上遇到一个日本人，他告诉我，三年前他从未想过自己会离开日本到海外工作。当时公司派他到北京，他不会中文，不会英语，第一次离乡背井，父母妻儿不在身边，感觉快要崩溃。但是在中国工作生活的三年让他改变了当时的看法，渐渐地从内心抵抗到接受，进而主动报了个中文班，想要系统地学习中文。

“听完讲座后，晚上我就要去上第一节课了。”他眯起眼睛笑。

从生理上的青春走出来，去学习社会规则，学习生存技巧，是我们中的大部分人都要经历的第二次成长。你总要知道，并不是那个少年没法让我们满意，并不是那个领导专门为难我们，而是我们自己没办法对自己满意。

每个人都必须穿越最寒冷的冬天，经历一个人的战争，才能抵达自我真实的内心。

我们每个人，都要经历许多难以忍受的寂寞、痛苦和忧伤的浸染，才能慢慢到达成熟和丰盈。

做自己的观众，享受独舞

情人节那天，和沈兮一起去餐厅吃饭。

不大的店面，布置得温暖舒适。天台上种着薰衣草、小雏菊和薄荷，奶茶用暖壶装，怀旧清新。

之所以特意约在这一天，是因为我和沈兮都刚刚分手，没人可陪。

没人陪，对我们来说，算是一件大事。

都是需要温暖和陪伴的人，即使偶尔一个人出门，也一定要找一处美好的背景，在恰到好处的光线下，拍张唯美的美食照片或自拍照，上传到朋友圈，再配上文字：享受一个人的时光。

朋友纷纷点赞，说，真好，好羡慕你的生活，喜欢看你活得精致骄傲。……

其实心里都清楚，我们都害怕一个人的孤独。

记得有一回沈兮刷微博，看到一条热门微博图文兼备地列出了“孤独”的等级表，立刻大呼小叫地转给我看。

九张图，从一个人逛超市、吃快餐，到一个人喝咖啡、看电影、吃火锅，再到一个人唱ktv、一个人搬家、一个人做手术，等级由低到高，看得人血液发冷，心里发毛。

我们都庆幸自己不必一个人去吃火锅，一个人搬家。那时，我们身边都有一个知冷知热的人。

谁也没想到，我俩竟然都赶在情人节前夕分了手。

于是，我和沈兮达成共识，决定在这天来一场闺密之约。

这家店的曲奇和奶酪茶都相当正宗，我和沈兮各自捧着杯子，陷在柔软的座椅里，长舒一口气。

不自觉地想起男友带我去茉莉餐厅庆生的情形。当时，他告诉我，电影《非诚勿扰》曾在这里取景，所以慕名而来的人很多，位子很不容易订到。我还为他花费的心思小小地感动了一把。

我们在这家餐厅里，倚着湖畔，看水面细纹，听清风细语，享受美食，沉浸在甜蜜的幸福中。

那个时候，我和他都以为，我们的爱情也会像这里的浪漫氛围一样，一直持续下去。

如今偶尔我路过工体路，看到茉莉餐厅，便觉物是人非，不过如此。

对面的沈兮没说话，似乎也陷入了某段回忆。

所谓的闺密之约，也只是各自怀着满腹心事，相对无言罢了。

我们和不同的人相伴着，可是到头来，每个人都是孤独的。

环顾四周，周围坐着的理所当然都是卿卿我我的情侣。

除了角落里的一个女人。

不知她什么时候开始坐在那里，我和沈兮先前都没发现她。

那是一个30岁左右的漂亮的短发女人，穿一件样式极简单的黑色毛衣，衬得整个人肌肤皎洁如玉，气质干净利落。

她点了香浓的奶酪茶，五颜六色的沙拉，甜品，无视周围满满的情侣氛围，独自优雅、气定神闲地进食。

那种飘荡在她周身的沉静气场，令人动容。

我忍不住开始想象她的人生，她的经历，她的心情。

肯定有很多缺憾吧，曾经深爱过，结果受了很多伤，保持单身；或者已经结婚，之后发现婚姻不是自己想要的；或者朋友不多，在节日的夜晚找不到人陪伴。但是，也有可能她只是更愿意一个人来吃一顿美味的晚餐，享受一个人的时光。

不是在社交媒体上晒“享受”，而是真正沉默地，沉入自己的世界，享受完全孤独的时光。

一个人的独舞。

舞者、观众都是自己。

后来我想，人生就是这样的。

到了不同的年纪，你会追寻不同的东西，以前觉得很可怕的孤独，到了某个年纪就可以安然享受，以前觉得不能接受的缺憾，到那时也可以默不作声地接纳。

每个人最终都要回归自己的内心，直面自己的孤独和寂静。

每个人都伴随着伤口和痛苦活下去，但这并不妨碍你追求美好，哪怕只是情人节的晚上，一个人享受一顿精致的晚餐。

人生的舞池里，无人共舞，一个人也可以有曼妙舞姿。

从那个漂亮的短发女人身上，我看到了这种曼妙。

原来孤独可以如此丰盈美好。

从餐厅出来，我和沈兮沉默许久。

从什么时候开始，没人陪变成了一件大事呢？更年轻的时候，我们明明都盼望着赶快离开家，一个人出来闯荡世界。

闯荡过，受过伤，尝过冷暖，就变得脆弱了。想到此后人生里大把大把的时光，需要一个人撑过，满心恐惧。

沈兮说，为什么我们都不快乐。

是啊，为什么不快乐呢？3岁时，一颗糖就可以换来整个世界的甜蜜；30岁时，一颗钻石摆在眼前，我们的心中却只有不满和计较。

经历了这么多，我们没有变得更好，更勇敢，更耀眼，反而越来越深地缩回了自我保护的壳中，害怕受伤，害怕被世界抛下，害怕被寂寞刺痛。

每个人都在拼命想办法填补寂寞，但加西亚·马尔克斯说：“生命中曾经拥有的所有灿烂，终究都需要用寂寞来偿还。”

想起有一年初冬，工作上和感情上遭遇双重挫败，我为了散心，曾一个人去海边。

冬日的灰色的海、腥咸的海风、冷冽又潮湿的空气、铅色的云层，让人心情沉重。

漫步在海滩上，我看见云层散去，星星闪耀光泽。

那一刻，我想我不需要任何人在我身边。

我沉浸在一个人的海边，听着海潮涌动，就像听见内心的深海在细语，所以我什么也不想说。

我和沈兮说，终有一天，我们都会慢慢地，慢慢地，心甘情愿地寂寞着，笃定安然地孤独着。

因为，生命的路，终究要一个人走完。

PART 6

我和我骄傲的倔强，这一次为自己疯狂

不要害怕，你终会长大

江雪独自带着一个4岁的女儿，有一份还算稳定的工作。

在十月怀胎期间，她已经为女儿起好了名字：江月。

在江月的出生证明上，母亲一栏写着江雪，父亲一栏是空白。

江雪这样做的理由很简单，她之所以不顾所有人的反对坚决生下这个孩子，不是想挽留那个不愿负责任的男人，也不是为了纪念那一段曾给过她幸福的爱情。她生下这个孩子，只是为了自己。

她想给自己一次做母亲的权利，一生可能仅有的一次。

江雪自幼身体便不太好，从小学到大学，她曾经多次暂时性休学只为在家休养。每逢体育课，她总会递给体育老师一张病假条。运动会上，她也只能挤在啦啦队里，高喊某某加油。班里组织各种春游秋游时，她也只能独自留在家里，写一篇想象中的游历作文当作业交给老师。

这一路的孤独与辛酸，以及对健康生命的渴望，她体会得最透彻。

所以，在大学遇到一个热切追求的人，愿意照顾她的人，承诺要给她温暖的人时，她觉得那样不可思议，以至于她没有丝毫犹豫便以身相许。

过了很久，再回想大学时代那段爱情时，江雪仍觉得它艳丽如大丽花，灼灼耀目，蓬勃热烈。只是，花期一过，大丽花便在风吹雨打之下自顾自地片片凋落，爱情过了热恋期，也会一度度降温。

更何况，降至冰点的爱情，又在临近毕业时拖上了孩子的负累。

当得知肚中蠕动着一个新生命时，江雪是苦恼过的。孩子是爱情的果实，但毕竟来得太早了一些。挣扎纠结许久之后，江雪将这个消息小心翼翼地告诉了男友。果然，男友沉下了脸。两人静默对峙很长时间之后，他终于从牙缝中挤出三个字："去打掉。"没有安慰，没有商量，只是下达一个不容许江雪反驳的命令。

江雪知道，已经没有周旋的余地。他做出的决定，容不得任何人更改。

江雪忽然想起男友曾经说过，希望以后生一堆宝宝，他在外打拼，她打理生活的后花园。有假期的时候，一家人就去某个有海的地方度假，把皮肤都晒成健康的小麦色。

看来，男人的话，在那年那日听着如蜜糖，今年今日想起如砒霜。在未做到之前，所有的许诺都是空言，所有的事情都是幻想。彼时就把男人随便说说的话当真的人，定会笑当年的自己太傻。

第二天，江雪听从男友的建议，鼓起勇气独自走进医院准备将肚中还未成形的孩子打掉。在做完各种检查之后，进入手术室之前，脸上已生皱纹的老医生告诉江雪，她身体状况很不好，如果打掉这个孩子，以后可能再也不会有孩子了。

江雪愣在原地，等她反应过来后，对医生说要再考虑一下。于是，她拿着一叠身体检查单走出妇产科。

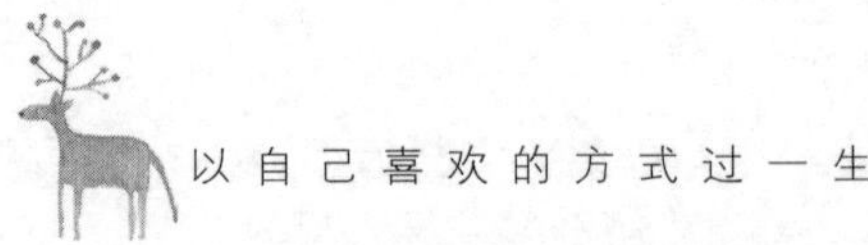

那一天，天气应该不错。5月的太阳还算柔和，偶尔有凉风摇动树梢。江雪坐在医院的凉亭里，看着手中的单子。她看不懂那些专业数据，但她清楚地记得医生告诉她，孩子很健康。

旁边有一对夫妻牵着一个小女孩走过，小女孩的头顶编着两条辫子，辫子上戴着两只布蝴蝶。他们走很远之后，江雪仍然能听到那个小女孩风铃般的笑声，以及用稚气天真的语调问着各种无厘头的问题。

天黑之前回到学校后，江雪打电话把男友叫到操场上，一字一句地告诉他自己的决定：要把孩子生下来。之后的画面，像是被特殊处理过的电影无声慢镜头，男友手势幅度之大，表情愤怒扭曲之极，都让人觉得不可思议。但更令人不可思议的是，江雪只是静静地站着，像是有意与男友形成一种滑稽的对比。

那个夜晚，他们分别变成了对方的前男友和前女友。他扔掉了包袱，终于松了口气。而她只是觉得悲哀，悲哀得不知道怎样去哭。

经历过才知道美丽的东西并不可靠，比如爱情；可靠的东西经常被我们忽略，比如血脉之亲。

江雪决定要在世间留一个与自己血脉相连的生命。

这是一件美好的事情吗？不。

但是，江雪觉得这件事也并不像前男友，以及其他人想象得那样坏。既然已经无法更改，也已经做出决定，江雪便决定温柔对待。

忙毕业论文，定期到医院检查，删掉前男友的联系方式，忽视同学们的有色眼光，这些事情说起来容易，做起来并不轻松。但正是那一段孤独得只有自己与胎儿的时光，赐予了江雪面对糟糕世界的勇气。

如今，孩子已经4岁，刚上幼儿园。她会算个位数算数，会用彩笔画线条画，会自己穿衣服，会把幼儿园里发生的事情磕磕绊绊说给江雪听。

同事们都说，小江月长得和江雪越来越像。她觉得很欣慰，周围人都懂得如何处理好人际关系，不该问的不该说的从不失礼。人们都知道江雪独自带着女儿生活，但人们从来不会问女儿的父亲是谁，现在在哪里，有无按时寄生活费。相反，他们会将好的项目让给江雪，会把自己孩子的玩具送给江月。对江雪来说，同事们都心照不宣地给她留了一点隐私空间，这是她收到的最好的礼物。

至于江雪的父母，直到江月3岁时才接纳她们。父母并不想真的与孩子断绝关系，只不过是借这种极端的方式阻止孩子跳进火坑。在此后的时间里，江雪在火坑中被煅烧，历经百般痛苦以及时间的淬炼后，终于重生。她的父母看到女儿过得并不像想象中那样坏，死结也就慢慢解开。

只是，她的父母已经年迈，再加上前些年伤透心，在去年相继谢世。对于这些令人伤心欲绝的事情，江雪只允许自己难过一个星期。这并不是狠心，也不是冷血无情，而是她有更重要的事情要做，有很长的余生要走，她得好好地活下去，将江月抚养长大。所以，她得看得到生活中美好的一面，如此才能去抵御时间的考验。

在生活的磨砺中，在命运的指引下，江雪变成了她以前最不想变成的人。但是，当她在幼儿园门口看着小江月背着书包跑进她的怀里时，江雪觉得没有任何一种结果会比现在更好。

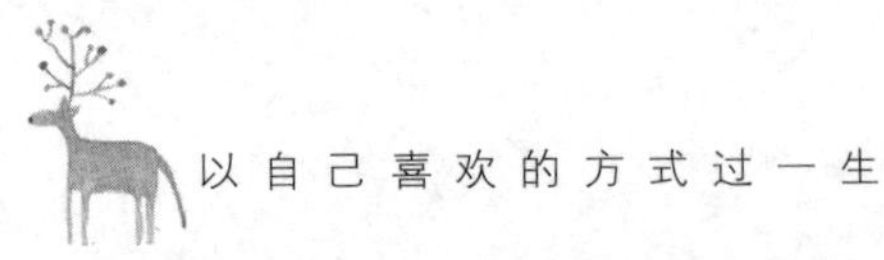

生活最初的样子，是丑陋也好，是美丽也罢，都无关紧要。紧要的是，生活最终呈现出来的样子。

日子就这样无风无浪地向前推移着。有时晴，有时雨，好在无论怎样的天气，母女俩都不再害怕和焦虑。

直到上个月的一天，江雪正在忙一个项目的收尾工作，手机铃声忽然响起。她见上面显示一个陌生号码，就即刻挂断，继续忙着未完的工作。但是，刚挂断铃声又响起来，再挂断还会再响。等焦头烂额的江雪打算接听时，手机却因电量不足而关机。

晚上哄江月睡着，她才忽然记起给手机充电。还未充足10分钟，手机便在自动开机后铃声大作，依旧是那个陌生的电话。闲下来的江雪终于按下接听键。对方只说出一个发颤的“喂”字，江雪便听出那个人是谁。

过了这么多年，她还记得他的声音，依然会为他的声音感到激动。只是这种激动，在岁月的安抚下，已经不是因爱情而起，而是因他竟然找得到自己。

在电话里，他委婉地要求见面。生活的波折，已经让江雪做事带上磊落干脆的风格。她没有犹豫，便答应了这次约会。

见一面也好。真真切切地坐在那个人面前，不卑不亢地展现自己的生活状态。然后，告诉那个人，一切早在他命令自己将孩子打掉的时刻结束。

她确实这样做了。到了约定的日期，她穿上得体大方的套装，精心地化了淡妆，并为女儿换上新买的公主裙，带着她出门。

江雪和女儿抵达约定的地点时，他已经等了15分钟。在朝他走去的几步路程中，江雪发现他其实并没有太大变化，只是T恤换成了西装，镜框由白色转成偏老练的黑色，脸部的轮廓因为发福而变得丰满。

那一顿饭，持续了将近两个小时。他不断用各种方式重复自己的事业小有成就，因为始终惦记着江雪而一直保持单身，希望她可以重新回到自己的身边。为了加大胜算，他还邀请小江月到游乐园玩。而小江月只是礼貌地说："谢谢叔叔。"既没有答应，也没有拒绝。

江雪知道每个完整的孩子，都该有一个父亲。如果这个名义上的父亲，没有承担过一丁点责任，没有目睹孩子是怎样学会走路，几岁掉牙换牙，那他便如同一个陌生人一样，即便出现了也没有任何意义。

当初甘愿错过，今日也得接受这样的结果。

在回家的路上，女儿已在江雪的怀里睡熟。女儿的一呼一吸，都让江雪觉得这个世界值得留念。

她想，等女儿长大之后，她会把所有的事情都讲给她听。她知道，女儿在未来也会在爱情里受挫折，会受伤，会流泪。她不会干涉女儿的选择，而只会给出温和的建议。如果尽情去追之后，弄得遍体鳞伤，她大可像今天这样投入母亲的怀抱。

江雪知道自己再也不会去见他，这并不说她丧失了去爱的能力，而是她愿意将爱倾注到更值得的地方，比如孩子、工作和日常生活。

她紧紧地抱着女儿，轻轻告诉女儿，不要害怕，你终会长大。

你的秘密美得恻然，它是扑火的飞蛾

1个月前，分别了多年的大学同宿舍的几个姐妹，终于又聚到了一起。

姐妹们大多已经成家，聚会时都带上了自己的另一半，自成一派，各自其乐融融。

男人们聚会是少不了酒的，尽管彼此间并不是很熟络，但几杯酒下肚后，这种陌生感就立马消失了，关系亲近得像是失散多年的战友。

只有她，安安静静地坐在一个角落里，一边品着茶，一边倾听着我们之间的谈话，恍若她不曾是我们宿舍姐妹中的老六。

忽然间，大家都停下来，一起转头看着她。五双眼睛注视下的她，显得并不惊惶，完全没有了当年小女孩的样子，只淡然地抿嘴笑笑，露出几颗光洁的皓齿。

大家不由得问："还在单身吗？"

她并不觉得唐突，只是笑了笑，算作回答。

这个习惯，她一直保留着，并不多言，不是到了非说不可的地步，绝不轻言半句。一副随和的外表之下，其实隐藏着一颗柔弱而又执着的心。

大家继续着对她的关切："还是在等他吗？"

她继续点头作答，伴随着点头，她还发出一声轻轻的"嗯"。

"为何这么执着呢？这么多年了，别为了他苦了自己。"我半是埋怨半是心疼地说。

她的脸上、身上，依然保持着原有的从容、优雅，对我的说法既不肯定也不否定，只是静静地听着，似乎我们关切的事情不是发生在她身上一样。

看着她无动于衷的样子，我不禁说道："你这样执着于他一个人，值吗？你这个样子，最后输掉的，还是你自己。"

她依然是一副淡然的样子，开口说："找不到比他好的，我何必为世俗去将就？"

我们怔住了。谁也没有想到，这么多年了，她竟然还是这副样子。

我们见惯了痴女的样子，也听惯了痴女的故事，但没有一个像她这样的，安安静静，不躁不骄，像一株含苞待放的花朵，只等那最爱她的人一吻，瞬时开放。

她与他在高中相识。她清楚地记得，那天正是个开学的日子。

她来的时候，他已经在这所学校里度过了两年时间。

那天，她提着大包小包的行李走进校门的时候，正巧他从校外回来，看到如此一个柔弱的女生带着沉重的行李独自行走，就好心地伸出援助之手，没想到却因此种下了一颗种子，在她的心里生根、发芽，没有限制地生长起来。

时间总是很快过去。当她已经习惯高中的学习和生活时，他已经毕业，考入了东部城市的一所大学。他们之间的关系，也在这一年中有所改变，但离恋人的感觉还是好远。

高一学期结束后，她迎来了自己的第一个高中暑假，但她过得并不开心。

每当有邮递员经过的时候，她总是会站在窗前守望一会儿，希望邮递员能从绿色的邮包里取出信，然后高叫她的名字。

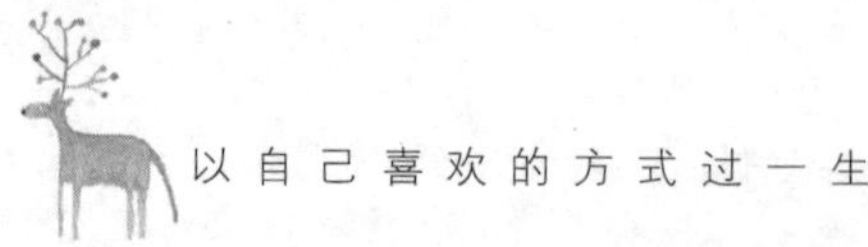

整整一个暑假过去了，她所期望的事情到底还是没有发生过。

高二一开学，她就兴冲冲地跑到学校传达室，看到一沓写着她名字的信件，就躺在办公桌的角落里。这让她瞬间感到万分欣喜。原来，他答应给她写信，却忘记要她家的地址，只得把信全部寄到了他们的高中。

拆开信，她看到他粗犷的字体洋洋洒洒地行走在信纸上，洋溢着他对于那个东部城市的最初的感觉，也在她的心中点燃了一个梦想——一定要考到他的那个城市去。

功夫不负有心人。高考后，她终于考上了一所位于这座东部城市的学校，虽然她在这两年的信件中，得知他找了一个大学同学做女朋友，但她不在意，并且坚持认为，自己才是那个与他挽手走红毯的幸福女人。

然而，现实总是残酷的。

受到残酷现实打击的老六，就在我们姐妹几个面前，时而自虐，时而欢愉，但唯一不变的，便是时常挂在嘴边的他的名字，以及絮絮不休的他的故事。

都说时间是一剂治疗情伤的良药，但对于老六却丝毫没有效果，她依然坚持着自己的坚持，即便已得知他结婚、离婚、再结婚，然后生子。

老六说，她知道，他过得并不幸福。

就算这样，又能怎样呢。

为了心中并不完美的他，老六独身一人，拒绝任何异性，生怕她的心里没有了他的位置，让他再难找到回头的路。

张小娴曾说，暗恋有时候或许只是一种幻想，当你得到了，幻想也破灭了。得不到的话，这种感觉也许会有一生那么悠长。

我惊叹老六的勇气，不是所有的人都可以忠贞于感情，撞到南墙也不回头。

我们总爱嘲笑痴男怨女们痴呆傻气，却又暗地里羡慕那一片赤诚之心。

我们总是说飞蛾扑火傻得可以的旁观者，一辈子都没有机会体验拥抱火和热的绚烂。

我们所称的玫瑰，换个名字一样芳香

从此，王子和公主过上了幸福的生活。

多半童话故事都是这样的结局，好像不管此前多么艰难，只要公主和王子牵起手，余生便可享尽幸福。

只是，生活向来公平，每个人皆要尝遍酸甜苦辣，即便是嫁给王子的公主，也概莫能外。

当得知《摩纳哥王妃》上映后，我没有丝毫犹豫便买了票。

或许对任何人而言，这实在是一部仅仅在宣传上就能吸人眼球的电影：《玫瑰人生》导演奥利维埃·达昂的执导，地中海之滨以赌场和F1闻名的摩纳哥的美丽景致，银屏内外奥斯卡影后的生活，富丽堂皇的皇室婚姻，以及结婚之后的爱情悲歌。

摩纳哥王妃的人生，就好似是童话故事中那般有着令人揪心的起承转合，由默默无闻直至声名沸腾。

然而，人们皆以为自此之后，她便可享尽荣华，享尽恩宠，时光就此定格在幸福之中，只因人们并没有看到浮华背后的

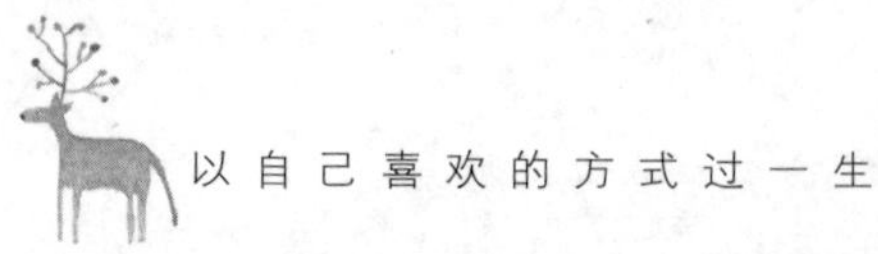

真相。

爱情结束了，生活才刚刚拉开序幕。

精彩或是黯然，都由你来掌控。

影片开始时，银幕上印着这样的字幕：“人们说我的一生是一个童话，因为它确实是一个童话——格蕾丝·凯利。”

是的。她的一生极富传奇性。1955年，她拿到了奥斯卡影后，与奥黛丽·赫本、玛丽莲·梦露、伊丽莎白·泰勒等齐名。也正是在事业上最佳的年龄，她突然息影，嫁给了摩纳哥公国的王子，成为风华绝代的摩纳哥王妃。这梦幻般的转换，让格蕾丝·凯利这一代女神成为当年最火热的话题。

作为世界上第二小的国家，摩纳哥公国让人记住的东西想必也只有蒙特卡洛F1赛道。然而，当这个国家迎娶了格蕾丝·凯利后，便瞬时间名满世界，女主人也顺理成章地成了摩纳哥最好的一张名片。

在未看这部影片之时，本以为它会浓墨重彩地描绘贵族的奢侈生活，皇室的辉煌气派，王妃的幸福时光，童话般的美满爱情。然而，随着情节的推进，它则越来越偏离我的预想轨道。

格蕾丝·凯利并非自此之后过上了幸福的生活，她戴着王妃的头衔，也要在丈夫、孩子，甚至国家之中周旋。

如若生活璀璨绚烂，则我爱生活本身；如若生活黯淡昏暗，则我只能感激，我是那么完好的自己，可以承担降临在身上的这一切。

最初之时，格蕾丝·凯利嫁入皇室后，过着金丝雀般的日子，犹如躺在天鹅绒上，安逸而舒心，心中充满对生活的向往与感激。然而，当今天只是昨天的翻版，毫无新意，且因不得插手摩纳哥的政务而渐渐与王子的感情变淡之时，存于她脑海中的离婚念头好似着了春雨一般，以无法抑制的速度生长着。

彼时，生活于她而言，不过是深深的讽刺。只是，她并不是毫无退路。当然，选择怎样的路途，便会迎来怎样的人生。无论离开，或是留下，她都有能力去承担这一切。

正如村上春树所说："我或许败北，或许迷失自己，或许哪里也抵达不了，或许我已失去一切，任凭怎么挣扎也只能徒呼奈何，或许我只是徒然掬一把废墟灰烬，唯我一人蒙在鼓里，或许这里没有任何人把赌注下在我身上。无所谓。有一点是明确的：至少我有值得等待有值得寻求的东西。"

对格蕾丝·凯利而言，那值得等待，值得追寻的东西，除却爱情，还有自我的存在感。

心碎该是有声音的，只是它的声音小到唯有自己才能听到。

当王妃得知王子对他们的爱情不忠，而时常夜夜欢歌时，她听到了自己心碎的声音，但无论王妃如何痛楚与悲伤，王子也听不到来自她心底的呼唤。

爱得最深时，往往也就是将尽时。他的心门已不向她敞开，他又如何看得到她的伤心。对于此，王妃自是心有怨言，只是大气如她，已在这金碧辉煌的囚笼中，懂得人情冷暖正如花开花谢，是自然界之中，一种必然到来的季节。

因而，当希区柯克将为她量身定做的新剧本《艳贼》递到她手中，希望她重新出山时，她怦然心动。恰在此时，摩纳哥又发生了极为严重的外患，与之毗邻的法国步步紧逼，凭借强大的军事实力，封锁了摩纳哥通往法国的通道。

罗伯特·费罗斯特在《未选择的路》中写道："一片树林里

分出两条路，而我选择了人迹更少的一条，从此决定了我一生的道路。”

在取舍之间，在权衡之后，她没有选择那条可以站在聚光灯下，享受众人艳羡的道路，而是决定学习去做一个政治人物，去做一个合格的王妃，一个合格的母后。

于是，她回绝了希区柯克，走向了街头，走向了军队，并邀请欧洲要员参加摩纳哥举办的红十字大会，甚至还邀请了法国的戴高乐总统。在舆论的压力下，法国不得不撤回了军队，并尊重王妃的意愿，不再一味压迫摩纳哥。

格蕾丝·凯利，倾自己所有，挽救了整个王国，找到了自我存在感，也重新建立了自己与王子的爱情。

在岁月的磨损中，她渐渐老了，不再是那个肌肤光滑、一笑倾城的奥斯卡影后。但是，她仍是美的，这美是她气质如出水芙蓉，这美是她性情温柔而有力，这美是她敢于承担童话背后的生活。

莎士比亚在《罗密欧与朱丽叶》中写道：“名字代表什么？我们所称的玫瑰，换个名字还是一样芳香。”

叫她格蕾丝·凯利也好，叫她摩纳哥王妃也罢，她都如盛放在生活土壤里那朵玫瑰一样，馥郁馨香。

这一场悠长的梦，终于醒了

一

还差一个月就熬过半年试用期的晴弦，被主管找过一次谈话。

转正有什么好处？晴弦也不太清楚。好像是奖金多一点，但似乎也没多到特别明显的程度。她平日里身体不好，上一份工作就是因为医生嘱咐她必须得休息半年到一年，才辞掉的。现在这份工作清闲，她想，作为调养身体的过渡期，是再好不过的选择了。

那天下午，主管把她叫到办公室，很严肃地告诉她，上一个季度她的绩效考核分数是部门最低的。

“我注意到你最近总是迟到早退，我们公司虽然没有明确的考勤打卡规定，但你现在还没过试用期，各方面总还是要谨慎些吧。工作态度也是很重要的。”

晴弦从毕业到工作不过才一年多一点，没什么经验，猛地被领导单独找去“谈话”，像小时候班主任在众目睽睽之下把她叫出教室训话一样，惶恐不安。

在那之后的一个月，晴弦再也没有踩着点到公司，很多次在茶水间吃完早餐准备回到座位，会恰好跟刚进门的主管打个照面。几乎每一次加班，晴弦都在，哪怕是在周末，临时有事，微信一响，电话一打，她准到位。领导大概最喜欢这样的下属，听话又肯卖力。

试用期结束的考核表上，主管给她评了个A。

那天，晴弦没有留下来加班。她路过一家小酒吧，进去要了一杯威士忌。她感觉有点饿，又要了一份意粉。服务生给她拿来酒的时候，又放了一杯橘色的饮料在她桌上：“小姐，送你一杯果汁。”其实晴弦也听不太清楚，是一杯“果汁”，还是“饮料”，或是“鸡尾酒”。不过，点了烈性酒的人，也不会太在乎这个吧。

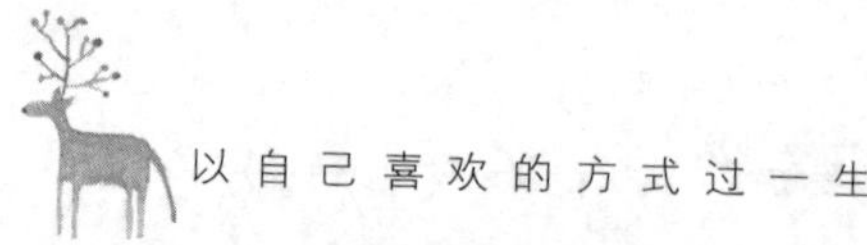

晴弦的男朋友找到她的时候，她伏在酒吧的桌子上，扶她回家，她晕得根本走不稳路，走两步楼梯就要蹲下来吐。后来晴弦说，那是她第一次，喝度数那么高的酒。在此之前，她从来没有单独一个人去过酒吧。

她脑子里很清醒，没有像一般醉酒的人一样又哭又笑，男朋友小声地问她为什么这么伤心，她什么话都没说。

你以为不是伤心，而是高兴对吗？为终于如愿转正，没有辜负之前的辛苦，喜极而泣？当然不是。因为她第二天到了公司，就递了辞职信。

理想的工作，往往是带着对未来的期待和新鲜感的。它若只是糊口的工具，或者只是过渡期的存在，那么就如一个美女考量伴侣的时候不是凭借真爱，而是纠结房子多大，会让人内心不安，也是会出问题的。

社会上总有人说，女孩子找份清闲的工作，养得活自己就得了，不用像男人一样拼事业谈理想。然而，工作和生活是分不开的。你选择了什么样的工作，有可能就是选择了怎样的生活。如果你真的随波逐流，那么30岁的时候，你回过头看自己的人生，一定会感到失落：你竟然没有按照自己的意愿，去争取过想要的生活。

也是过了很久以后，晴弦才有点后悔，其实根本没有必要，为了一时的意气，去争取那次试用期的通过，以及那个考评“A”，不仅给别人增添了麻烦，也浪费了自己的时间和精力。因为那个时候，她刚好错过了最想去的那个杂志社的招聘。

“当你选择了一条想走的路，你会有很多种方式去证明自己，根本不用着急。”晴弦说。

二

“你为什么出国，国内名牌大学毕业后，不是已经找到很好的工作了吗？”

梓玥即将在岔路口道别的时候，我实在忍不住问。

“其实我找工作之前申请了香港的学校读研，没考上，加上刚跟男友分手，当时只有一个念头，就是想逃出去，看看也好。”梓玥若有所思地回忆着，“本来以为外国教育很轻松的。”

在国内是人人夸赞的高才生，出去却得从零开始。梓玥语言不好，上了半年语言课，才开始上专业课，好长一段时间都听不懂，一直是班里最落后的那个。第二年又转了另一个专业，还是感觉很难，勉强听懂课堂内容，做作业却又一头雾水。

“总不能再换专业了。”梓玥对自己说，咬咬牙，跌跌撞撞地去学去请教老师和同学。

成长就是在那时加快了速度。

在国内的时候，稍不顺心就甩脸子闹脾气，也总有人哄着，大不了回家躲爸妈港湾里舒服地待一阵；无论去哪儿，都有家人帮清点行囊，打扫屋子，而自己，只需要考虑这条裙子要配什么上衣，美瞳带多少种颜色才够。

出了国，一个人提着两只庞大的行李箱漂泊，一点小折腾小委屈都需要听许多好话才能得到安慰；为了不再去趟超市买袋东西就把单车压垮，好不容易考了驾照买了车，第一次开出去就撞坏了人家的后保险杠。

刚开始，梓玥以为是因为自己选的学校和专业，才开启了这么痛苦的蜕变模式，后来和朋友交流，才发现无论去欧洲、澳洲，还是在亚洲其他国家，想要适应环境，都是一样的过程。买

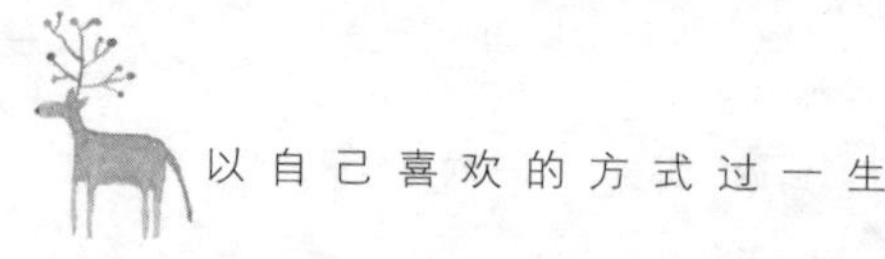

菜做饭洗衣兼职打蟑螂，偶尔吃顿中国菜都能当场飙泪。

有时候半夜写完稿，看见梓玥在朋友圈发各种旅游的美照，一袭长裙，在阳光下笑得十分灿烂，或者看见她在微博，转发各种当地知名品牌美衣美妆的打折信息，我就评论："生活真美好。"她经常飞快地回我说："其实我正在苦哈哈地写作业呢，翻翻照片刷刷微博来解闷。"

但是对于梓玥来说，最苦的第一年已经过去了。

第一次租房签合同，第一次给自己买保险，第一次搬家，第一次在大雨瓢泼的天气里开车上高速公路。

走完一个十字路口又一个崎岖小道，那个矜贵又狭隘的自己就这样慢慢成长起来。眼泪、伤痕、心痛都构成了真正的人生。姿态低到了尘埃里才开出来的花朵，再也不惧怕狂风暴雨，甚至可以坦坦荡荡地热烈庆祝每一次失败，知道怎么做才不会重蹈覆辙。

"你知道吗，我交了个美国男朋友。"

梓玥告诉我，刚开始，因为太苦，也想找个同是留学的中国男生互相依靠，但她很快发现，不是每个留学生都愿意抱团取暖。直到和这个高个子爱笑的美国男孩在一起，她才体会到什么叫"气场相合"，甚至于回过头去看自己曾经躲避的那场失恋，都幼稚得有点可笑。

"不过嘛，还是有些难契合的地方，比如饮食习惯，他比较讨厌我在屋里炒菜时的油烟味。"梓玥调皮一笑，"来日方长，至少现在，我不再把别人的关爱当作生活必需的挡箭牌啦！"

三

又一次被广播站站长当成个案来批评了。

“播音的时候，话尾不能掉下去，没声没气的。这样你说得憋气，别人在外面听着也憋气。”

楚伊涵沮丧地低着头，硬是把那股想要摔门而去的冲动压制下去了。

“老娘这段日子也憋气，说得憋气你们就听听好啦，不想听的当初别招我啊。”楚伊涵愤愤地在日记里写道。

这个号称全国最好的研究生院，并不是楚伊涵最想来的。她想去的那个学校，凤凰花会开两季，一季新生来，一季新生走。她甚至都已经设想好了，没课的时候到海边去听潮声，秋天的时候要去园博会。天气好的时候在环岛路骑车，从轮渡到另一边的岛屿上听钢琴声。

虽然她已经尽了十二分的努力，但是因为准备时间太短，英语差两分没考上那所学校。拖着几大箱行李来到这个望京的小院时，楼外攀满了爬山虎，连窗户都几乎全部遮住，一大片绿葱茏茏，反照着黄昏的阳光。

虽然有无数名人从这里走出去，无限深情地撰文怀念过这个小院，但在楚伊涵看来，这里就像个笼子，禁锢了她曾经幻想过无数次的美好青春。

自从到了望京，不知是刻意还是无意，生活过得没有了时间概念，每天被电话和短信吵醒，可是却一点都没有充实感。相反，陌生和恐慌一点一点渗进来，如同窗外不知不觉深了的寒意。

在很多时候，她一个人去看戏，写歌词，画画，也看晦涩的

专业书，因为做这些事的时候心里特别平静，不会乱发脾气，不会焦躁地想找人说话，还能让情绪不自觉地有了出口。她觉得自己就是靠着这些苟延残喘地守着日子。

在第一学期快要结束的时候，楚伊涵突然发起了高烧，连续三天三夜39℃以上。她反复地做梦，在每个梦里兜兜转转，醒来头痛欲裂，床褥都是淋漓的汗湿透的印子。第四天起来身上开始迅速地布满红疹，去医院一检查，才知道是水痘。倒也不是很严重的病，就是十分痛苦。

被隔离在单独一人的宿舍里，整晚整晚地痒，伴随着高烧不退。就在这个时候，有朋友告诉楚伊涵，她初恋男友的父亲刚刚因病去世了。当初他们分开得仓促又决绝，她曾经在每年的春节都给他父母发拜年短信，后来他有了新女友，她不知用什么身份再问候，他却漫不经心地说，有什么不合适的。

楚伊涵要来了他现在的电话号码，给他发信息，说自己都知道了。

她把“不难过，我会陪着你”几个字打出来了又删掉。她睡觉都要握着手机，以防他半夜伤心了睡不着找不到人说话。而那个男生从始至终都不知道，楚伊涵陪着他说了很多话的夜里，是怎样因水痘发作难受得辗转反侧，咬着牙才熬过了每一分钟，每一小时。分秒如年，一点都不夸张。

在楚伊涵慢慢痊愈之后，与那个男孩的短信往来也默契地渐渐少了。如果说再次联系上他也得到他即时回应而让楚伊涵有过短暂错觉的话，那么后来，她反而感到很坦然。

我们都曾因为得不到的糖果，实现不了的梦想，而一度将自己打入囚笼。没有人能够放你出来，因为钥匙就在你自己手上。

也许会遇到一个契机，也许要经过漫长的岁月，你才能从容地走出来。

那一年的圣诞节来得特别早，楚伊涵还在隔离，只能眼巴巴地在班级群里看大家吐槽。过了一会儿，门被敲响了，她打开门，十几个同学站在门外，班长把一小袋包装得十分精美的苹果放到她手里，有点抱歉地说：“其他同学没有出过水痘，没法一起来看你。”“没关系，没关系。”楚伊涵一时不知道说什么好，只能拼命地又摆手又点头。

“嘿，在外面听着是很可爱的女声，不错！”楚伊涵病好后回广播站第一次播音，站长拎着水壶笑眯眯地走进来对她说道。

遗憾是一种更高级别的告别，疼痛也是。这一场悠长的梦，终于醒了。楚伊涵想。

你的生命有无限可能

身边不乏二十出头就“恨嫁”的女孩。她们姿容中上，智商中上，职业前途不错，收入不差，却整天抱怨找不到合适的夫君人选，就连坐在百框落地窗前吃一份精致甜点，也要发张自拍，配上文字：想找个喜欢甜点的老公。

你若夸她们聪明能干，有才华，气质优雅，品位高，她们就会苦着一张脸，说道：“这有什么用，比起这些，我更想结婚啊。”

仿佛人生的终极目标就是结婚。

未未是“恨嫁女”大军中的一员。

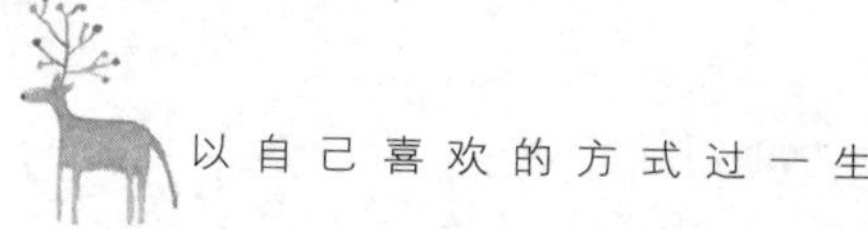

这个长相可爱的女孩，笑起来时，就像日本动漫里的萝莉少女，让人萌出鼻血。

追求者当然有，但未未挑剔得很。

这个男人，收入不够高，不够体贴，那个男人，没有前途，缺乏品位。她把他们放在天平上，列出指标，一一衡量。

好不容易遇到一个勉强符合各项指标的男人，未未正准备好好发展一下，对方却忽然接到了公司的国外赴任令。

“要是去欧洲、美国也就罢了，或者去澳洲、新加坡、日本、韩国也行啊，居然是去非洲……”未未嘟着嘴向闺密倾诉，“非洲耶！有没有搞错啊，太Low了！要是我嫁给他，以后要跟着他移民非洲怎么办？我才不要……”

记得《非诚勿扰》的某一期，一位男士上台介绍自己，说自己是单亲家庭的小孩。台下一位女嘉宾当场泪崩，说自己也是单亲家庭。

就在所有人以为这两人会因为共同的遭遇而惺惺相惜走到一起时，女嘉宾止住眼泪，冷静地说了一句：“所以，男方不能是单亲家庭的。”

这真是让人跌破眼镜。

坚持自己的择偶标准，这无可厚非。但爱情也好，人生也罢，若你只敢站在条条框框的限制里，若你从不曾闭上双眼去闯一回，爱一回，终归是有遗憾的吧。

林伊去香港读书时，还是个没长开的小女孩。

女大十八变，等到她终于知道香港的铜锣湾并没有满大街的古惑仔抡着长刀砍人时，她已经长成了一个标准的东方美女。

大学时期，在她身边打转的几乎都是国外的留学生。他们说着不甚标准的港式普通话，约她去维多利亚港，扎在成堆的情侣中间吹风看夜景。

林伊并不介意和这些异国的年轻男孩一起去玩，有时候她甚至会偷开老爸的车，深夜带他们去九龙兜风。

后来，她爱上那个冰岛的男人时，也是像这样带着他去兜风，在香港潮湿的夜风里向他大声告白的。

林伊学的专业是电影研究，她的梦想是环游世界，然后拍很多惊天动地的电影作品。所以，那年暑假，她毫不犹豫地跟着冰岛男人去了他的国家。

在那个最接近世界尽头的地方，林伊的爱情如火一般热烈燃烧。他们住在雷克雅未克一所公寓的顶层，每天清晨和黄昏，都会相拥着坐在窗边，倾诉爱语。

城市周围山峰雾气弥漫，天际显现紫色霞光，海水变成深蓝，日出东方，夜幕笼罩，在世界最北的首都，林伊和她的北欧男人守着如画美景，爱得如痴如醉。

那时，林伊的朋友都知道她的口头禅：我要嫁给他，然后，拍一部关于冰岛的电影。她似乎忘记了学业还未完成，忘记了远在香港的父母，忘记了她只有19岁。

朋友们没有艳羡，只是冷眼旁观，然后告诉她：不可能。

结局当然是不可能。

暑假还没过完，林伊已经和那个冰岛男人吵了三次架。第三次，是因为他做了她不爱吃的苹果派。

林伊孤身回到香港时，所有的朋友都松了一口气。

“你看，我们早就说过了，不可能。”

“嗯。”奇怪的是，林伊的表情里没有阴霾，她只说，“我

和他的确不适合在一起。”

“是啊，以后你别再做这种傻事了……”

林伊不觉得这是做傻事。

她说：“你见过雷克雅未克的美丽吗？你曾经和深爱的人亲密无间，沉浸在最甜美的爱河中吗？”

假如她计算得失，权衡利弊，用未来的不可能扼杀现在的冲动，那她什么都不会经历，不会经历失去和伤害，也不会见识最美的风景，路过最美的爱。

许多年后，她果真拍了一部以冰岛为背景的电影。小成本的独立电影，在台湾某个电影文化节参展，林伊邀请了很多朋友，其中包括他。

多年不见，他们送给彼此一个热烈的拥抱。

没有收获想要的结果，并不是人生最值得遗憾的事。从未踏足，从未开始，从未绽放，才是遗憾。

或许，你不曾得到幸福，现实不如你的意，是因为你从不曾打开自己，不曾触碰现实的边界，不曾撬开生命的入口，去冒险，与人生更多的可能性相遇。

大学时期的朋友苏洛琴在毕业时，和相恋7年的男友分手。

那真是相当恐怖的一段分手期。

他们吵架，反复地吵，到最后完全变成了一场互相伤害的战争。男友带着其他女孩子去约会，故意气苏洛琴；苏洛琴也不示弱，立刻和帅气的师弟去兜风夜游。

有一次，系里聚餐，苏洛琴心情糟糕，喝了个烂醉，男友扶着她回宿舍，她撒泼，大哭大叫，赖在地上不起来，吐得昏天黑地。

那副伤心得掏心挖肺的样子，让我几乎以为她整个人会被这段感情彻底毁了。

没想到那次之后，苏洛琴和男友终于和平分手。

彻底的伤心过后，便是彻底的云淡风轻。

苏洛琴后来出国读研，新交的男友，是从小在国外生活的华裔，非常温柔的男人。

我们都以为7年的感情会成为她的牵绊，让她害怕再次开始一段感情，让她没办法再次爱上谁。

但苏洛琴只是平淡地走过伤害和痛苦，继续寻找幸福。

新的感情，或许仍然不会一帆风顺，或许有一天也会迎来糟糕的结局，但那并不能成为阻碍脚步的理由。

爱情也好，人生也罢，未来的不可能，何必说给现在听？

生命里多的是不可能的事，也多的是无限可能。

窗内风景再美，也不如我的自由青草地

很多人只一味争相做窗里的风景，而忽略了窗外看风景的人。

殊不知，晚礼服和高跟鞋固然好看，但是穿在你身上反而成了暴露缺陷的负担。

美丽就是找到自己的恰如其分。

我有一个朋友，外号“恨天高”。因为初见时，她便穿着9厘米的高跟鞋，走在校园的小石路上，一拐一拐地，让走在后面的人跟着心惊胆战。

后来慢慢熟悉了，才明白其中缘由。小小的姑娘一味羡慕电视剧里身姿婀娜的美人们，以为靠着双恨天高就可以走出女人的风情，结果累了一颗心，伤了一双脚后才惊觉，还是做回原来的自己最好。娃娃脸配上帆布鞋，青春洋溢是谁也羡慕不来的。

“恨天高”的性子很要强，大学毕业之后，她一心想要留在北京。毕业初期，几经闯荡之后，她勇敢地放弃了自己的本专业，转而投奔到了前途未知、毫无经验的保险行业。

保险行业我不了解，但是当第一个月她就拿着1万多元的工资出现在我面前的时候，我确实惊艳了一把，恨不得立刻丢弃了自己的小帐篷，奔向看得见的小康。

只是，我没有那个魄力，没有那个胆量，以至于直到现在，我还徘徊在专业的边缘，做着老实本分的工作，缺少几分激情，却胜在安稳自在。

于是，她每日风风火火，我每日自娱自乐。

“恨天高”是一个很容易伤感的人。

付出的多，得到的自然就多，这是任何行业都适用的黄金真理。午夜11点，有人在睡觉，有人在娱乐，有人却还在路上。“恨天高”就属于最后一类人。因为应酬过多，她几乎从来没在12点之前回过家。

于是，当我即将进入梦乡的时候，总会接到“恨天高”的电话。有时只谈她现在的工作，有时只聊我们的大学生活，有时只静静地听她一个人在电话那头抽泣。

她说自己很累。忙碌起来了还好，可每当闲下来了，再回到那个空荡荡、除了她就只有她的影子的家里，累的感觉，便又占满了她的整个心。

这是成功前必须要付出的代价，我想她其实比我更加懂得。

有一段时间，《北京爱情故事》的片头曲《北京北京》，更是成了许多“北漂”一族的心灵良药。

咖啡馆与广场有三个街区
就像霓虹灯到月亮的距离
人们在挣扎中相互告慰和拥抱
寻找着追逐着奄奄一息的碎梦
我们在这欢笑
我们在这哭泣
我们在这活着
也在这死去
我们在这祈祷
我们在这迷惘
我们在这寻找
也在这儿失去
北京 北京
……

那段时间，在“恨天高”的手机歌单里，这首歌播放得最多，也时时触发她的泪点。

有的时候，走着哭得累了，她便会在路边的石阶上坐下来，接着哭，甚至还不忘给电话这头的我报告，“路人一直看我”。这个时候，我总会调侃她，不知道的，还以为你被劫财劫色了呢。

她就这样一直不顾一切地做自己想做的事，连哭也不避讳路人的眼睛。

而我，做不到她这般坦然，她像个永远勇敢无畏的精灵，剖开最真实的自己，看到自己灵魂的最深处。

后来的某些时日，我的工作一直止步不前，每个月拿着3000多块钱的微薄工资，勉强糊口。这时，已经慢慢强大起来的“恨天高”又出现在我的面前，几乎是使尽了浑身解数，想要将我带入她擅长的领域。

我最终还是拒绝了。我们有各自擅长的人生，窗内风景再美丽，也不如我中意的自由草原地。

只是，人总是有欲求的，不管你相信不相信。当你真正遇到触动你心灵的事情时，这种欲求就会不受控制地溜出来，兴风作浪了。

前些时候，朋友圈疯狂转着一篇文章。那是一篇军事报道，重要的不是内容，而是那整篇报道的主人公。附的照片里，他黝黑精壮、眼神敏锐，和我印象中的那个大男生相差很多。

他是我高中时候的班长，毕业之后便一直未能见过，连音信都没有，没想到再次听到他的消息时，方式却如此特别。他成了军事新星，成了各大网站的宣传主角，成了一把尖刀，成了一名合格的中国特种兵。

这个消息出来后，老同学们都沸腾了，都争相转载着他的消息，言语之中不乏自豪和骄傲。就是这篇报道，让我走出了自己的小帐篷，走到窗口下，有了窥视“窗里”生活的欲望。

只是，在抬脚的瞬间，我退却了。我重新走回我的小帐篷，重新踏上咯吱作响的落叶。因为我又想到了“恨天高”，也想到了我许许多多的同学。

我害怕，我害怕看见窗里的好风景，就再难注意窗外的风景了。

当“恨天高”穿着高跟鞋在灯光舞美下运筹帷幄时，我正守着心爱的人窝在台灯下看完一整本好书。

她们得到了自己想要的。

我也拥有着自己喜欢的。

这样，挺好。

你最期待的样子，曾以想象的样子出现过

生活，其实很多时候，都不是以你想象的样子出现的。

从抽枝吐絮到枝繁叶茂，再到树叶飘零、树枝冲天，一片树叶就能让人看到生命的轮回。

可是，一眼就能洞穿的人生又有什么意思。

我时常行走在公园的树丛之间，看金黄的叶片缓缓地落在我的脚下，让我在日渐萧瑟的秋风中，体会秋日的逝去和寒冬的来临。

就像柏拉图的《理想国》一样，终究因为加入了太多自己的设计，而变得更像一座空中楼阁，没有现实做基础的理想只能是泡沫，一戳就破。

有的时候，残缺反而才是生命的常态。

每个人都在为如何让人生变得更加完美而努力，而当有一天，追求完美已经成为我们生活的负累的时候，我们需要学会的不再是如何往前走，而是要学会如何放弃。

就像故事里讲到的那样：一个老渔夫终生只打捞一种鱼，并

且执着于此，而当终于有一天，他放弃其他丰饶的鱼群驶向远方。那是一个已经开始变为负累的梦，而人们也再没有看到过他出海归来的身影。

过分执着地追求一个完美的目标，让倔强的老渔民付出了惨重的代价。

俄国诗人普希金曾说，我们渴望成功，但在成功的同时，必须有所放弃，让失去变为可爱。

当我刚刚进入这座远离家乡的城市，《海上钢琴师》已经离最初的放映，过去了数年时间。如今，当我再次回顾这部电影的时候，仍然能够被大海、轮船、钢琴所构筑起的主人公1900的人生故事所打动。

那是一个一生都没有登上过陆地的人，轮船、钢琴就是他的全部，他生命的全部。从船头到船尾，从邮轮的顶层游乐场所到底层的生活空间，1900将自己的一生都倾注在了这条船上。

钢琴成了他诉求的唯一方式，人们为动听的琴声停留，他们欣赏，却依然马不停蹄地回到平凡的生活中去。1900最终成了海洋上的传奇，而他的这一生也只能成为一个传奇。因为内心纯洁的他，注定难以融入现实生活，注定难以成为普通大众中的一分子。

他像是一个虔诚的宗教信仰者，他的船与钢琴是他的全部人生，他注定无法踏上哥伦比亚大陆，那里不是他的梦，那里没有他所需求的养分。他为海洋和钢琴而生。

所以，当邮轮最后退出历史舞台，被送进船坞进行拆解的时候，1900只能随船同沉，并作为现实世界里一个可望而不可即的梦想，一起终结了。

过于完美的理想就像精美的瓷器，被现实轻轻一击就会支离破碎。

就像我们一边赞叹1900对理想的执着和共存亡的勇气，一边转过头来急着在现实中站稳跟脚。

理想至上的前提是你首先能填饱你的肚子。

就像1900那样，我们对未到来的生活，保持着我们自己的想象。甚至有的时候，就像摸象的“盲人”，把生活想象成或像墙、或像绳、或像柱、或像扇，但哪一种才是真实的呢？只有生活一遍又一遍地教会我们。

有些东西只能留存在想象之中。

有的时候，人们常常会迷失在我们暂时的生活表象中，如追求升职、加薪、登上人生巅峰，我们在这些幻象中渴求一个丰饶的灵魂。

朋友A爱上自己的一位上司，每天沉浸在暗恋中，痛并甜蜜着。上司在她眼里是一个完美的人：阳刚帅气，为人儒雅，事业有成。为了能跟上司在一起，她辞去了这家公司的工作，并勇敢地向上司表白，而且顺利地得到了上司的爱恋。

可当她真的实现了这一切，却发现上司其实是有家庭的。她在无意间成了自己最不齿的那种女人。

朋友B一直向往美国，他每天记上百个单词，托福成了生活中的主心骨。可是家庭条件的限制让他在学习之余还要考虑怎么攒够赴美的钱。

可当他真正到了美国，却发现和他在电视上看到的并不一样。不同的文化、不同的法规给他带来很大困扰，甚至险些因触犯美国的法律而坐牢。他无法适应美国的一切，根本无法承受纽

约的高昂物价，为了挣学费，他每天马不停蹄地做着各种兼职。

有时我就在想，曾经生活在自己营造的美好想象中的他们真的接受这样的生活真相吗？如果知道真实的生活是如此，他们还会不顾一切地追求吗？

A回答我说，会。因为爱上一个人，能够每天看到他，能够和他说话，能够得到他的回应，虽然真相让她难以接受，但却在追求的过程中，获得了值得回味一生的甜蜜和幸福。

B回答我说，会。也许自己现在过得并不如意，但这并不代表自己没有收获。为了去美国而付出努力的那段时光，是他最充实、最快乐的一段生活。

我好像有些懂了。

生活也许不会像我们所期待的那样变成最好的样子，我们在为自己编织的美梦中迷失，然后被现实残忍打破，可是我们依然会感觉满足，因为在那些美梦中，我们最期待的自己，曾以想象的样子出现过。

PART 7

韶华无悔，初心不负

迷失在世界，再找回自己

在《美食、祈祷和恋爱》中，茱莉娅·罗伯茨饰演一位《纽约时报》的人气女作家伊丽莎白·吉尔伯特，她漂亮性感、才华横溢、事业顺遂、家庭美满，可以说是完美的人生赢家。

但正是这样一个看起来比世上所有人都幸福的女人，却和帅气潇洒的律师丈夫离了婚，踏上了周游世界的旅途。

她把曾经拥有的一切统统甩在身后，孑然一身去意大利吃美食，去印度做瑜伽修行，去巴厘岛度假。一心一意感受生命，挥霍时光，也不管旅行回来之后，在这座曾经供养了她全部骄傲和幸福的城市里，还会不会有她的立足之地。

似乎每个人的人生都会经历这样一个阶段：事业，生活，爱情，明明一切看起来都很好，明明在所有人眼中，你都是一个幸福的人，你却觉得日子过不下去了。

就像电影中利兹的朋友说的那样："知道吗，人人都这样，20多岁坠入爱河，结婚生子，30多岁买下了房子，又突然意识到'我不要再这样生活下去了'。然后他们意识消沉，感觉身处地狱，但最后还是要打起精神，把屁股抬起来做到压抑的办公室来上班。没人能退人生的票。"

利兹回答："我不是要退票，我是需要改变。"

她一直在为了实现别人眼中的幸福而努力。所有人都说，有一份高薪的工作，找一个事业成功风度翩翩的男人共度此生，这样就会幸福。然后，等到她终于拥有了人人羡慕的一切，才知道这一切都是徒有其表。

有人说，不曾在深夜痛哭过的人，不足以论人生。或许正是深夜里的一场痛哭，一刹那的惊觉，让利兹终于意识到：这不是她想要的生活。她未曾感到幸福，只感到空虚。

但她也并不知道自己想要什么。没有人告诉她该怎么做，所以她终于自己做决定。她说："我需要改变，15岁起，我不是在恋爱就是在分手，我从没为自己活过两个星期，只和自己相处。"

她终于背起行囊，想要找回自己。

在意大利罗马，她放任自己享受美食，意大利面，比萨饼，吃得毫无节制。她在城市里闲逛，交朋友，坐在废墟里静静思索人生，在街边和朋友们吃喝玩乐，高谈阔论。

自由的感觉终于开始回到身体里，心灵里。

然后，她离开意大利，去了印度，想要借用清修的方式，理清自己，在寂静中与自我对话。

但她坐在那里，却一刻也安静不下来。

当初背着行李离开美国时，她听到好友说："其实我也希望像你一样丢开一切离开。"可是，直到她盘腿坐在遥远的印度，她才知道，原来她什么也没有丢开。过往，回忆，犯过的错误，受过的伤，留下的遗憾，自我的脆弱，全都堆积在心底，让她连触碰都不敢。

以为去不同的地方，看不同的风景，自己就会有所改变，结果，什么都没变。她仍然是那个不能原谅自己、轻易就陷入自我厌恶，无法拯救自己的女人。

曾经在罗马，利兹和朋友们聊到一个话题：用一个词来形容一个城市。

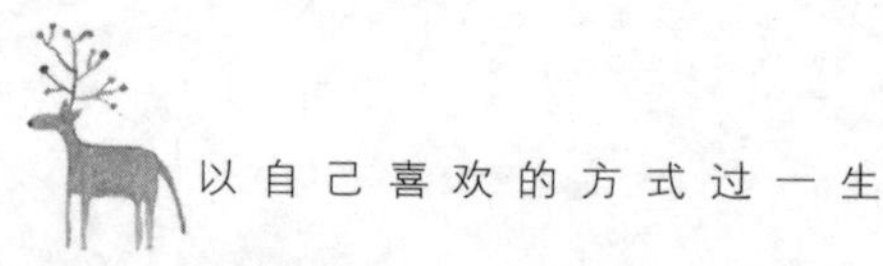

罗马是性，梵蒂冈是权力，纽约是实现，洛杉矶是成功，瑞典是循规蹈矩，那不勒斯是打闹……

热热闹闹地讨论过后，朋友突然问利兹：“那么，你自己的形容词是什么？”

她愣住了，发现自己答不上来。

到了印度，她仍然没有答案。出发的时候，她决心要找回真实的自我。可是，自我究竟是什么，又藏在哪里呢？仅仅只是盘腿静坐在那里就能找到吗？

她在印度迷失了。

沉寂了十年的朴树因为一首《平凡之路》的火爆，再次走入歌迷视线。很多人一边在电脑和手机里循环播放着这首歌，一边好奇这十年他在做什么。

很快有传闻说，那段时间，他被严重的抑郁症折磨着。听到这个消息，再听他在歌中所唱：“我曾经毁了我的一切，只想永远地离开；我曾经堕入无边黑暗，想挣扎无法自拔。”才恍然大悟。

毁了自己的一切，不知是怎样的体验。

但毁灭，是为了重生。就像利兹在罗马时对自己说的话：“毁灭是一种恩赐。毁灭通往改变的道路。”

有时候我们迷失，堕入心灵的黑暗，失去方向，其实是因为我们不敢走向毁灭，不敢接纳毁灭的自己。

十年后，朴树终于找到一条“平凡之路”，救赎一度迷失的自己。

而利兹也终于在印度遇到一位“导师”，他年纪比她大，经历比她多，领悟也比她深刻。起初，她觉得这个对她说教的中年男人什么都不懂，人心隔着人心，他怎么可能知道她的痛苦。

直到利兹听他诉说痛苦的过去，才知道他们是一样的。都是受过伤的凡人，有缺陷、不完美的凡人。

所有的经历，不论好坏，都是启示；所有的相遇，不论结局悲喜，都是馈赠。

她终于可以坦然接纳那个不讨喜的、真实的自己。

后来，利兹在天堂般的巴厘岛邂逅真爱。

爱情甜美而诱惑，美好又危险，让人沉醉，也让人眩晕。她不禁想，糟糕，好不容易找回的平衡被破坏了。

在巴厘岛的日子，她白天修行，夜晚享乐，好不容易可以在两种状态之间游刃有余地保持平衡，好不容易可以完整地保有失而复得的自我。而爱情，太危险了。她没有忘记，当初正是为了逃离爱情，她才离开自己赖以生存的一切。

她拒绝了那个男人，她觉得自己做了正确的选择，但奇怪的是，她并不开心。

有时候，为了避免伤害，人们会避免开启一段关系。利兹的逃避，也是一样。为了保有自我，保持平衡，她关闭了自己。

直到巴厘岛的智者对她说："有时候，为爱情失去平衡，是心灵平衡的一部分。"

醍醐灌顶。

明明曾经对自己说，毁灭是一种恩赐，今时今日的利兹却意识不到，失衡同样是一种恩赐。

真正的重生，是从毁灭开始的；真正的道路，是在迷失之后找到的；真正的救赎，是在经受痛苦之后获得的；而真正的平衡，也是从失去平衡开始的。

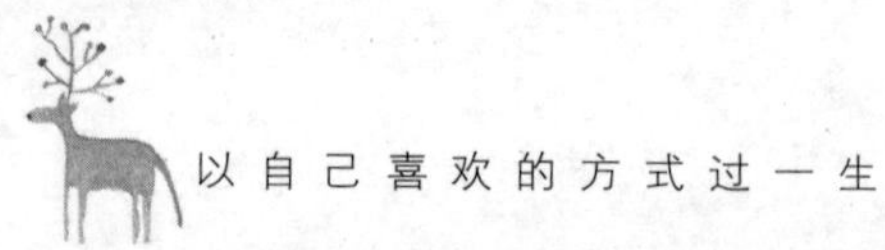

当她和她爱的男人在沙滩上拥抱，脸上绽放灿烂笑容，她才终于为这场漫长的旅途标上句点。

又或许，这条寻找自己的路，并没有句点，它还会继续下去。但也没有关系，因为利兹已经明白，一切迷失、毁灭、失衡、伤害、痛苦，都通往一条更好的路，通往更好的自己。

只要你敢迈出改变的第一步。

重新爱上这锈迹斑斑的生活

洛琳是芸芸众生中最普通不过的一个女子。

走在人群之中，她几乎得不到任何一个人的注意。如若这种情况发生在别人身上，或许会让人懊恼，但这对于洛琳而言，是一种体贴的保护。

不被人注意，就少了一些是非。不刻意靠近众人，就可以随心所欲地按照自己的生活方式活着。纵然，这种方式是消极的、沉闷的、不被人认可的。更多的时候，她就像长期见不到阳光的潮湿角落，生满了苔藓。

洛琳觉得生活并无好坏之分，她也很少羡慕那些衣着光鲜亮丽、出手阔绰的人们。每个人都有自己的宿命和使命，幸福与悲伤都不能拿来比较。

她的宿命是，爱上了一个有家室的男人辰野。洛琳和辰野已经纠缠、束缚、捆绑、折磨长达四年之久。开始时，尚且有爱情存在，相见与相守的尘世欲望，像是心中即刻就要爆发的火山。渐渐地，彼此之间的缺点与残缺难堪地被对方看见，他们都想改变彼此，用尽浑身解数尝试各种方法，却从未见一丁点成效。他们都是固执的，这仅有的相似之处，或许就是当初坠入错爱的缘由。

她的使命是，从这段难以解脱的爱情中获得解脱。但是，有过多少次逃离，就有过多少次回头。她的心看似坚硬，却极度想要片刻温存。尽管温存过后，是如同慢慢长夜般的无尽折磨。

把四年的记忆好好地检点一番，洛琳发现其中并不是只有无路可走的尴尬。有的时候，他也会在某个时刻忽然来到她的公寓，带来她心仪已久的布娃娃，或者只是为了给她做一顿刚从食谱上学来的菜。虽然，这种时刻少之又少，但有总比没有强。

更令人难以消受的是，这一段时间以来，他们已经很少见面。即便是见面，要么是声嘶力竭的争吵，要么是令人窒息的沉默。在这一条道路上，他们已经退无可退，也已经进无可进，就如同被堵在了死胡同里，被硬生生按在原地，难以动弹。

在无数次失眠的夜晚，她绞尽脑汁想着从困境中逃脱出来的办法。可是，天亮之后，她又会重蹈覆辙。

唯一知情的闺密劝她出去散散心，总是憋在这样的生活中，迟早会闷出心理疾病来。

闺密替她挑选了很多适合散心的地方，去日本大阪看樱花，去美国加州一号公路自驾，去柬埔寨看看神秘微笑的吴哥窟，或者去马尔代夫体验建立在水上的屋子。但是，这些地方都没有打动洛琳。洛琳告诉闺密，她要去威尼斯玻璃岛。

闺密一时无言，那个地方，是洛琳和纠缠了四年的辰野在相识第一年去的地方，也是他们唯一的一次旅行。

这样也好，故地重游。或许，熟悉的远方，会告诉洛琳未知

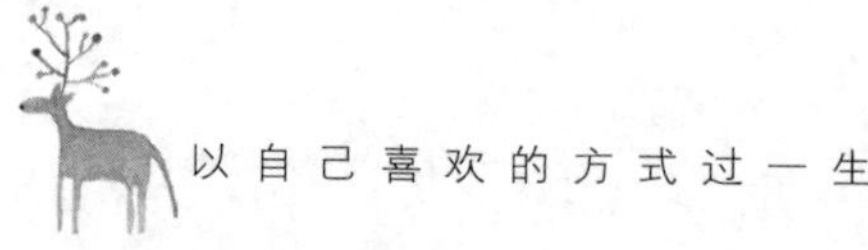

的答案。

洛琳独自拖着行李，办理登机手续与托运行李。在候机的时候，她看到一位金色头发的女子一手牵着一个孩子，一个男孩一个女孩，两个孩子都有着洋娃娃一样的深蓝色瞳孔。大概一刻钟之后，一个皮肤白皙的男人朝她们快步走来。他先是抱起小女孩，在她左右脸颊上印上出声的吻，小女孩嬉笑着躲避，嫌他的络腮胡子扎疼了自己。而后，他又抱起小男孩，问他有没有让妈妈生气。最后，他深情地看着妻子，两人当着孩子们的面紧紧拥抱在一起。在这期间，洛琳注意到那两个小孩子都捂着嘴看着对方偷笑。

忽然之间，洛琳泪如泉涌。她已经很久没有哭过，今日再流泪，她恍惚意识到了自己想要的是什么。正在这时，广播响起，登机时间已到。洛琳擦干眼泪，提着包便随着人群准备登机。

在机舱里等候多时，飞机仍不起飞。有人开始窃窃私语，也有人已经昏昏入睡。回忆起刚才在候机室里看到的那一幕，洛琳想起了她与辰野第一次旅行时的场景。

那一次，他们在候机时，辰野的手机忽然响起来。辰野犹豫了一下，便起身到离洛琳较远的地方接电话。洛琳知道是他妻子打来的，却没有拆穿。她只是不动声色地看着他，他的神情是那样毕恭毕敬，他的口气是那么温和殷勤。那个电话持续了半个小时，等他回来，正好赶上登机。他随口解释，客户总是不让人省心。她没有接他的话茬，但她知道自己脸上没有任何表情。

不知不觉中，飞机轰鸣着起飞。洛琳堵住耳朵，眼睛却看着窗外混沌的天空。

在密闭的空间里，洛琳总想用抽烟的方式缓解内心的恐惧和压力。现在处在密闭的机舱里，洛琳也有同样的想法。但是，此刻她只能选择克制，就像克制她对辰野的占有欲。

不能抽烟，她就频频向空姐要来冷饮，一趟一趟上厕所，并在期间翻看日记。那些日记都是写于失眠的夜晚，有的纸上有烟留下的烫痕，碎屑一般的小洞。透过纸上的字句，她忽然感到那个爱着他又恨着他，想要离开他却又离不开他的洛琳，心中满是怨恨的蠹虫，这些蠹虫正一点点挖空她对生活的信心与美好想象。

没有信仰的人，总是空洞的。在遇到辰野之前，洛琳将温暖的爱情和美丽的生活当作信仰，如今她觉得这些都是天真的异想天开和针针见血的讽刺。

纸页一张张被翻过，洛琳从往事中抽离出来，却在字里行间真正看清楚了那个卑微颓废的自己。

改变很难，但此刻也只有改变这一条道路。

几个小时过去，阵阵睡意袭来，洛琳迷迷糊糊睡了过去。然而，还未睡实，她便听到周遭的骚动声。朦胧中睁开眼，却看到邻座的人纷纷拿出救生衣。紧接着，广播响起，告诉乘客飞机遭遇气流，机长正在紧急处理，请乘客不要惊慌。

洛琳感到机身先是轻微地震动了几下，然后震动加剧。在那一刻，洛琳竟然异常镇定。她的心像是忽然被某种东西撬开一样，那些沉重得难以承受的乖戾之气缓缓流出，而童年时那种明亮得耀眼的希望轻轻涌进。她感到前所未有的轻松。

在飞机晃动的过程中，她对自己承诺，如果就此结束生命，那也算是一种解脱；如果得以生还，那就以新的姿态面对这个世界。

这次晃动，持续了十几秒的时间。对于其他乘客而言，这是一场未遂的灾难；但对于洛琳来说，这是一场得到验证的福报与馈赠。

飞机又沿着既定航线顺利飞行时，洛琳感到脸上一片冰凉。她知道，今天的两次流泪，是对新生命的一种呼唤。

抵达意大利时，已是深夜。来到事先预定好的旅馆，洛琳和衣睡去。那一夜，她既没有中途醒来，也没有做任何梦，睁开眼，天已经大亮。

她走进浴室，将衣衫全部褪去，然后将自己泡进浴缸里，热气蒸腾，镜面早已氤氲不清。她湿漉漉的头发顺水贴在胸前的肌肤上，柔滑至极。她觉得一切都回归了，她的灵魂，她的身体，都重新归属于她。

吹干头发，吃过简单的餐点，已近中午时分。阳光明亮却不暴烈，威尼斯这座水城里到处闪烁着光斑。无论哪个季节，这里都有成群的游人。在以往，洛琳定要避开这些喧嚣的场景的。但如今，她穿着干脆利落的服饰，主动挤进人群中，感受这些人身上散发出来的生活热潮。

有一对情侣客气且热情地请洛琳为他们拍照，她高兴地为他们拍了很多张。不远处有一个孩子的气球炸裂，他哇的一声哭了起来。片刻之后，他又被另一个玩具逗乐。是的，他们的快乐和悲伤，总是来得快去得也急，他们身上似乎永远都具备强大的伤口愈合能力。

在威尼斯游荡的这一天，洛琳感到真切的安稳与充实。不再顾虑别人的喜好，自己只是随心所欲地做自己喜欢的事情。

她想重新做回从前那个认真生活的人。

1个星期之后，洛琳按原计划返程。

行李箱里有她带来的各种物品，除却那一本记着痛苦与挣扎的日记。

坐在飞机上，她看到天空蓝得纯粹透亮，就像自己那颗已经洗净的心。向下望，她看到万米之下不过是如蚁一般的微小生命。不必太过讨好别人，自己的悲喜别人不能感同身受。爱情的意义在于相互支撑着走向更远的远方，而不在于相互牵绊，相互磨损。

看清楚一些事情之后，改变并没有想象中那么困难。

洛琳将行李箱中的衣服一件件拿出来，并将落了灰尘的寓所打扫干净。

午睡起来后，她拿出手机拨通了辰野的电话。

洛琳的话简单干脆，第二天下午2点在常去的那家西餐厅见面。辰野听到她这种近乎命令般的冷漠口吻，自然惊诧至极，但他还是没有拒绝她的要求，只是将见面的时间改为了下午4点。

到了第二天下午，洛琳像往常那样按照约定的时间早到了10分钟，而辰野则像往常那样迟到了10分钟。在等待的20分钟里，洛琳异常平静。看到辰野走进餐厅时，洛琳忽然觉得他只是普普通通的一个人，与其他餐桌上的男人并没有什么分别。原来，放下一个人，是这样心如止水的感觉。

在用餐时，他依旧抱怨这道菜味淡，那道菜醋放多了一点儿。而她听完他的抱怨，不动声色地说起他们四年的相处，然后水到渠成地对他说出永远的再见。

他在沉默3秒钟后开始语无伦次地挽留、道歉，可是已经无用。女人一旦决定离开，就真的不会回头。

那一次见面之后，她彻底放下了他，删掉了和他的一切联系方式，扔掉了一切与他有关的物件。

她投入到日常的生活中，用童真般的意念重新热爱这锈迹斑斑的生活。

一个人，一座城，一生心疼

有人说，看两个人适不适合结婚，最好的办法就是让他们一起旅行。

旅行途中，相处的时间非常多，会遇到很多状况。如果长时间相处而不互相厌倦，面对各种状况都能够控制好情绪，恰当处理，同时还能顾及对方，那这对恋人基本就合格了，可以走向婚姻殿堂了。反过来，那就不适合在一起。

所以，林小浅十分确信，身边这个能够和她一起开心旅行的男人，就是她未来的丈夫。

爱情有时奇怪得很，你简直不知道为什么这个世界上竟会有这么一个人，仿佛上帝专门为你而造。早在几年前，林小浅和文宇相识，相恋，感情契合到彼此都觉得惊奇的地步，唯一可以确定的是自己遇见了不可替代的真爱。

他们有一个共同的爱好——旅行。工作之余，两个人利用假期去过很多国家和城市，每次旅行都开心得超出预期。让林小浅惊喜的是，在某一次旅行途中，文宇向她求婚了。她开心得当场就答应了他。

可是，就在她憧憬着未来美好新婚生活的时候，噩耗传来，文宇得了绝症。她伤心欲绝，赶在文宇去世之前，在病床上和他举办了婚礼。

文宇死后，林小浅每天都活得像行尸走肉，完全没办法摆脱这种痛得好像下一秒就要死掉的糟糕感受。一天，她翻出了从前两人旅行时拍的照片。每一张照片，都是两个人，有时只拍了他们十指紧扣的一双手，或者紧挨着的一双脚，有时是笑得很灿烂的大头照，有时则是依偎在一起的背影，照片的背景，是他们一起去过的每个地方。

她一个人抱着电子相册，看得泪如雨下。

那天之后，林小浅决定重新背起包去旅行。

她带着文宇的照片，去了他们之前计划要去的几个城市。在那些城市最美的风景里，在每一家咖啡馆里，在每一个广场上，她都会和文宇的照片合一张影，告诉天国的他：我们来过这里。

再后来，林小浅走得越来越远，走过的地方越来越多，从苏格兰到南非，从加拿大到南美最南端，从东南亚到澳洲，在每一座城市，每一处风景面前，她都会和文宇的照片合影。

她发现，所有的城市，所有的风景，忽然变得不一样了。

后来，林小浅回到自己的国家，再回忆起文宇，想起来的不再是他生病时的样子，而是这些年她带着他看过的风景。

爱丁堡的天籁之音，温哥华的金色海滩，太阳城的奢靡，火地岛的圣洁，普吉岛的梦幻，墨尔本的神秘，一幕幕浮现，每一幕都有了全新的意义，因为它们都与文宇有关，与爱有关，与思念有关。

一个人对另一个人的思念，被镌刻在整个世界的风景里，这真是太浪漫的事。

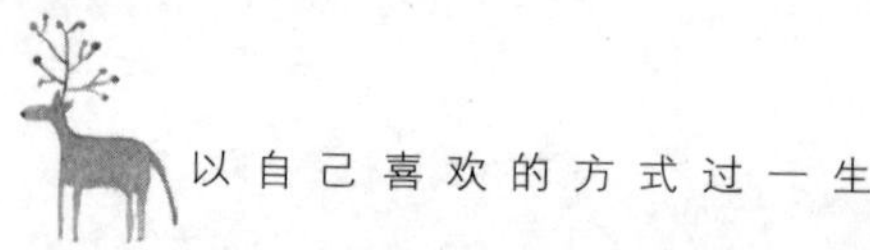

有时我们喜欢追问得到和失去的意义，其实哪有那么多意义。走过的路，看过的风景，经历过的爱恋，就是意义。

他曾经来过她的生命，带来一场盛大的喜悦。

从此，她生命的一部分，她见过的风景，永远与他有关。

这就是全部的意义了。

左赫第一次去杭州时，正是刚和沈筱分手的时候。

沈筱从杭州到北京读大学，他们在大学里相识、相恋、分手，从始至终，左赫从来没有去过沈筱的城市。

你知道，这世上总是会有这样的爱情，明明双方都想要好好爱下去，结果却不明不白地分了手。分手的时候，左赫不明不白，难过得不知所措，终于一个人去了沈筱的城市。

总觉得想要寻找什么答案，实际上他也不知道自己到底要找什么，只是绕着西湖乱晃，他只是记得沈筱说过，她住在西湖附近。他还记得沈筱说过，杭州是她最喜欢的城市，杭州是她的家。

和左赫一样在北京土生土长的男孩，要么出国，要么待在北京，很少有去国内其他城市定居的。但他当时真的认真想过要陪沈筱回她的家，在那个美丽的南方城市定居。

左赫那时组建了一支乐队，每周去五道口的地下酒吧演出，平时就在郊外租的四合院练习。沈筱非常喜欢陪他练琴。他和乐队成员一起练习时，她就在一旁坐着，专注地听，听完就去给他们做饭吃。

沈筱做的苏杭菜，说不上多好吃，但像她这个人一样精致、清淡。如果可以，左赫很想吃上一辈子。

爱情刚开始的时候，当然彼此都只看得到对方的优点，熟了之后，就有了苛求，挑的都是对方身上的刺。

沈筱说，你每天除了乐队就是乐队，每次我感冒难受需要你安慰陪伴的时候，你都在酒吧。

左赫说，我不是觉得你的菜不好吃，可是，偶尔也做点其他口味好不好。

左赫觉得这也没什么，吵吵嘴，挑挑刺，都是寻常的情侣会干的事。他觉得他们最后还是会在一起的。分手这种事，打死他都没想过。

后来沈筱说，她也没想过要分手。可是，那天她生病了，而左赫却在酒吧演出，电话怎么也接不通，她忽然觉得他离自己好远，未来一片黑暗，她看不见前方的路要怎么走。

至少，她不确定是不是和左赫一起走。

杭州的确是一个美丽的城市。

绕着偌大的西湖走一圈，左赫几乎把两条腿走残废。这是沈筱生活的地方，可是风景那么陌生，没有和自己有关的任何回忆。

离开杭州以后，左赫没有跟任何人提起他曾经来过这座城市。

毕业后，他的乐队在地下摇滚圈唱出了一点名气，有了一票固定的粉丝，后来签了唱片公司，出了专辑，在全国巡演。

巡演的首站，左赫定在了杭州。

压轴的歌，是一首他新写的歌。关于杭州，关于他爱过的女孩。

假如一座城市对你有着特殊意义，你想起来就满心惆怅，念出那几个字就心情柔软，通常都是因为那座城市里有你爱的人。

可惜爱到最后，你和她都无路可走，只徒然留下回忆。

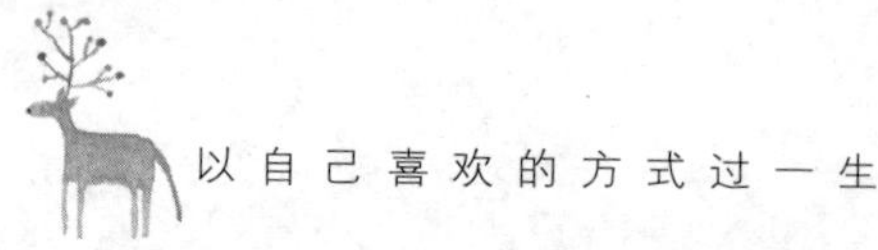

左赫在台上，只用吉他和钢琴伴奏，垂眸唱着属于自己的回忆。

他不知道沈筱有没有来看，但他的目光看不到台下千人，就像只对着沈筱一人歌唱，深情，忧伤。

然后，这首歌，毫无预兆地火了。

因为没有收进专辑，所以以单曲的形式推出，一推出便是大卖。他接到的通告和采访越来越多，巡演也增加了很多场。而且此后的每一场巡演，现场的观众都会要求他唱这首歌，最后的结果，常常是全场沸腾，一首悲伤的歌变成了千人大合唱。

原本是一首叙说私人回忆的歌，一下子成了脍炙人口的流行歌；原本只是小众的摇滚乐团，一下子变成了走到大众面前的音乐明星。

一次失败的恋情，成就了一首悲伤的情歌和一支迅速蹿红的摇滚乐队。杭州这座城市，从此对左赫有了新的意义。甚至对他的歌迷而言，也有了不一样的意义。无数歌迷慕名来到杭州，就为了去左赫在歌词里提到的地方，去寻找他思念她的痕迹。

如果可以，左赫并不想失去她，不愿意在爱情破灭后徒劳追忆。如果可以，他想要爱情，而不是名气。

可惜，生活里多的是阴差阳错的事。你要的是这种人生，得到的却是另一种人生。谁也不知道命运会在什么时候收走什么，又会在什么时候给予什么。

不过，这样也好，至少左赫将一场思念演绎得这样盛大，赋予一座城市以深情，在千万人心里刻下烙印，找到共鸣。

只是不知道，那个再也没有出现在左赫生命中的杭州女孩，是否听过这首为她写的歌，是否觉得这样的结局已足够浪漫。

不将就，是我对自己唯一的期许

以前看过一篇小说，名字特别拗口，早就忘了。

故事情节倒是清清楚楚地记得，两个大学就相爱的人，后来女主角去了国外，而男主角一直在等她，一等便是7年。

有一次，男主角在等车的时候跟暗恋他的邻居妹妹说，你以后会明白，如果世界上曾经有那么一个人出现过，其他人都会变成将就，而他不愿意将就。

小说毕竟只是小说，苦等数年，再次重逢，之前的种种误会都抵不过两颗相爱的心，最后完美结局，相依而终。

可是，在柴米油盐酱醋茶的俗世烟火和滚滚红尘之中，大抵没有几个人最终不是将就着恋爱，将就着结婚，将就着工作，将就着生活。

于是，大多数人常常都活在这种将就的虚幻世界中，并乐此不疲。他们以为抵达了幸福美满的终点站，殊不知，其实不过就是路上的临时站台而已。并且，他们还要不断地规劝他人少折腾，将就就好。

我有个朋友艾丽思，40多岁的女人，没有结婚。

认识她，是在东南亚的一家青旅里。当时，我问前台那个菲律宾小姑娘青旅里是否有人计划去柬埔寨暹粒，如果有，请告知我。我想找人一同前往，既安全，又可以分摊路费，一举两得。

第二天早上，我出门去吃早餐时被小姑娘叫住，她让我在小花园的凉椅上等她，然后就跑掉了。

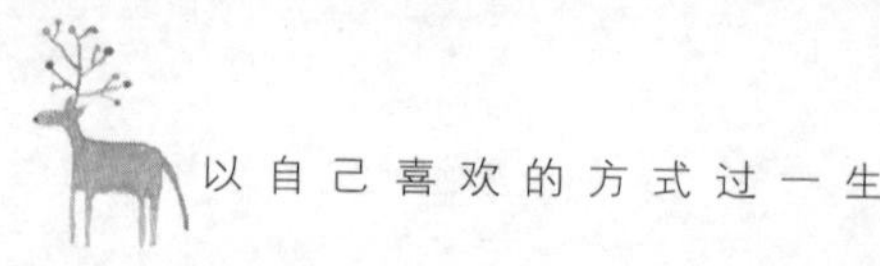

几分钟过后，她从走廊那边朝我走来，旁边还有个中国女人，看上去30多岁，一眼就能看见她眼角的皱纹。一件纯黑T恤，搭配一条民族风纯棉阔腿裤，头发随意地扎起来。

是个有气质的女人，我在心里对她啧啧称赞。

这个中国女人就是艾丽思，是我在柬埔寨旅行的游伴，后来，是我非常尊敬且要好的朋友。

我当时很好奇，她怎么一个人出来旅行了，怎么放心得下小孩，而老公又怎么会同意。不料，艾丽思非常直率地脱口而出，我单身，没结婚。

我感到尴尬，有点不好意思，这种类似于打探人家隐私的行为实在算不上一个好的开始，连忙道歉，讪讪地转移了话题。

艾丽思却满不在乎地说："没有关系啦，这又不是见不得人的事，没有必要藏着掖着。不只你一个人有这样的反应。但其实，我一个人过比两个人过要开心潇洒得多。要是像其他大多数女人一样，现在我只怕在家刚送完小孩上学，在去菜市场买菜的路上。这种生活，对我来说才比较可怕。那不是我想要的，我想要的，就是现在此刻的我正经历的一切。"

她对自己有着清冷的认知，头脑清清楚楚，知道自己想要什么，自己需要什么。这中间的界限泾渭分明，她不允许自己在界点上徘徊犹豫。

艾丽思年轻的时候交往过一个长达8年的男朋友。

8年的时间，怦怦心跳的感觉早就烟消云散了，两个人在一起的时间越久，她便越下不了决心牵手一生，总觉得对方不是自己适合的结婚对象。

想放弃，却担忧后面是否还有更好的那个人，而且之前的时间成本已摆在那儿；不放弃，将就着这样过，又总有不甘。

就在艾丽思权衡、猜测、评估、摇摆不定，甚至孤注一掷时，她意外地获得了公司外派伦敦一年的机会。

这个天降的机会，成了压倒骆驼的最后一根稻草。

艾丽思义无反顾地去了英国。

当然，男朋友不会愿意再等她，而她，也不需要他等她。她终于有了勇气，对那个原本打算将就的自己说了句再见，再拍拍手，重新上路。

那年，她刚满30岁生日。

所有人都觉得她疯了，病得不轻，包括她爸妈。大家都劝她不要去，不要再折腾了，安安心心嫁给他，放弃这个机会，回来同样是工作。

在伦敦工作一年后，艾丽思辞职了，申请了伦敦政治经济学院读研究生。

毕业后，她在英国一家颇有影响力的媒体工作。

她的生活安稳，工资够高，每年都有外派世界各地的机会，一切看上去都很好。朋友给她介绍了一个伦敦人，两人相处愉快，但缺少情侣间的那一点点心动与甜蜜。

眼见女儿年纪越来越大，她的妈妈每天都微信催她不要再拖了，如果合适就结婚；那种所谓的感情一点都不靠谱，时间一长，所有人最终都会变成亲人；不听老人言，吃亏在眼前……

后来，她主动和那个伦敦人分手了。她的妈妈知道消息后把她骂个不停，对她是恨铁不成钢，已经处在了绝望的边缘。

这个时候，她已经35岁了。

但她一点都不在乎，开始每年一个人全世界乱跑，做义工，练瑜伽，参加禅修，学探戈，甚至还写书。一个人过得风生水起。

对于结婚与否，她有自己的信仰，遇到真正让自己心甘情愿就此一辈子和他走下去的那个人就嫁，不然，不为了结婚而结婚，自己过得开心就好。

总之，绝对不再委屈自己，绝对不将就。

你看到她，会想到独立、自由、气质、洒脱，但是不会想到“恨嫁”二字。

我和她一起旅行时，她刚刚辞了外人艳羡的工作，打算环游世界后，再定居芬兰。因为，她喜欢冬天，喜欢极光。

母亲节那天，我和她在去往金边的大巴上，她给她妈妈打电话。

我听到手机那端的声音，好好旅行，做你想做的事，你自己开心幸福就足够了，不用担心我们。

我身边的很多同学朋友，刚大学毕业才22岁就恐慌自己嫁不出去。每年春节回家后的必做事项就是相亲。

大家都在比谁先结婚，谁嫁得好，谁先有小孩，生怕自己一旦过了25岁的门槛还没嫁出去，就沦为众人的笑话。

有时候，只要遇到一个不讨厌的人就开始盘算结婚的日子，什么时候生小孩比较好。偶尔犹豫不决时，就有声音在安慰自己就这样吧，谁又不是这样呢。

我希望自己永远都不要想着将就，永远都不要活在别人的评论意见中。当觉得自己在将就地生活工作恋爱时，能有勇气打破一切，重新选择新的生活，即使艰难险阻不断。

这是我对自己唯一的期许。

愿这个世界没有将就。

不负时光不负己

刚从泰国回来，许一就约我去南锣鼓巷泡吧。

她点了螺丝起子，我点了莫吉托。

酒吧里有歌手驻唱，一男一女，唱的都是伤感的歌。

许一垂下眼，搅动那杯人称“少女杀手”的鸡尾酒，说，大家都是来买醉的，所以酒吧的歌手总是唱着悲伤的歌。

我闻着莫吉托沁人心脾的薄荷气味，光是点头，不知该说些什么。关于她去泰国之后的经历，她不提，我也不敢问。

酒吧里吵得很，可见她约我来这里见面，不是为了倾诉。

一个月前，许一去了泰国。

也正是在一个月前，许一的男友甩了她，赴清迈做交换教师，时间是一年。

许一怎么也想不通被甩的理由，男友没有给她质问的时间就上了飞机，她联系不上他，也等不到一年之后，于是决定去清迈找他。

从眼前许一这副垂眸不语的表情中，我大概猜到了事情的结局。

她和男友二人，美女配帅哥，双双走在校园里时，回头率颇高。

周围的朋友都说他们十分登对。

只可惜所谓登对，永远是别人眼中的风景。感情，总是如人饮水，冷暖自知。

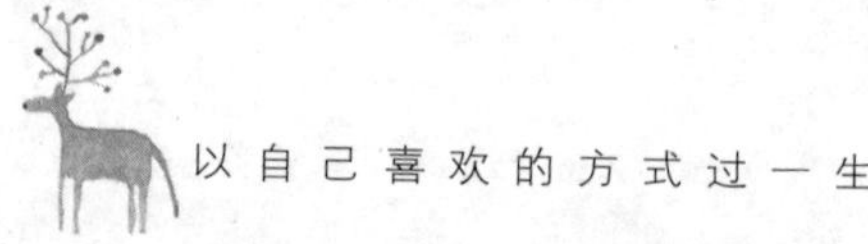

恋爱中的许一智商下降，痴心一片，而男友对许一的不满却越来越多。

譬如他嫌许一不够聪明，没有自己的爱好，也嫌她不上进，说她是个光有容貌，没有理想、没有自我的花瓶一样的女人。

男友在大三的时候，争取到了去香港当交换生的机会，因为要分开一年，许一很不高兴。男友一句安慰的话也不说，只问她毕业后有什么打算。

许一撒娇，我跟着你，你去哪里我就去哪里。

男友报之以冷笑，那也要你有本事跟过去。

许一的确没什么爱好，不够聪明，也没有什么想要实现的梦想，可是，这些都不算是不能原谅的缺点。许一不明白，她是个女孩子啊，难道不是天生就该被宠爱，被保护吗？

我不想跟一个和我没有共同语言的女人共度一生。这是男友分手时给出的理由。

足够斩钉截铁了。而追到清迈想要一个解释的许一，或许真的是不够聪明。

“以后我要找一个喜欢漂亮女人的老公。”许一不甘心。

我很想提醒她：对女人而言，漂亮的保质期有多短你知道吗？

张爱玲看得透彻：对于大多数女人，爱的意思，就是被爱。

女人总是容易像藤蔓一样，依附于其他东西生长、生存，遇到好男人就幸福，找到坏男人就伤痕累累；他爱你时你就貌美如花，他不爱你时你就一文不值。

但你若没有一颗足够撑起自我和骄傲的内心，你若辜负时光，辜负自己，你若不能在人世浊流里像一棵树一样坚韧站立，又怎可能看见命运终点处的朗朗晴空？

凌可和许一完全相反，是一个相当能折腾自己的女孩。

大学四年，她学美术，学设计，学跆拳道，自学炒股，去校新闻中心实习，去省报实习，去电视台实习，忙得不可开交。作息表贴在床头，密密麻麻一张纸，我看着都头晕。

毕业后，她进了一家很大的报社，当记者。

她没有细说求职过程，但我知道，大学刚毕业就能结束实习期当上正式记者，这背后不知需要付出多少努力。

报社待遇优渥，凌可又是个十足的工作狂，为了找到更厉害的采访对象总是不遗余力，甚至干过蹲点、跟踪这种事。采访多，报道多，独家新闻多，自然名利双收。

父母很满意，她自己也很满意。

但过了一年，她开始不满意了。报社条条框框很多，凌可觉得很受限制，不能尽情做自己想做的事。她有时看着总编已经开始花白的头发，想着，难道我就这样过一辈子？不断地采访，采访，为了有朝一日当上总编？

不顾父母的反对，她辞掉了这份人人艳羡的工作，从零开始，自学金融。她说她终于想好了，进入金融行业，每天和钱打交道才是她的梦想。

听了她的说法，我表示十二分认同，毕竟她从初中就已经开始摆地摊，高中就已经在用自己的压岁钱炒股了。

从凌可进报社开始，她指导的一个后辈就一直追求她。凌可辞职时，后辈很支持，他说他会继续留在报社，好好赚钱，当她的经济后盾。

凌可很感激，但这是她自己选择的路，她不想依靠别人。她靠着偶尔的打工收入，再加上之前的存款，就这样勉强度日。

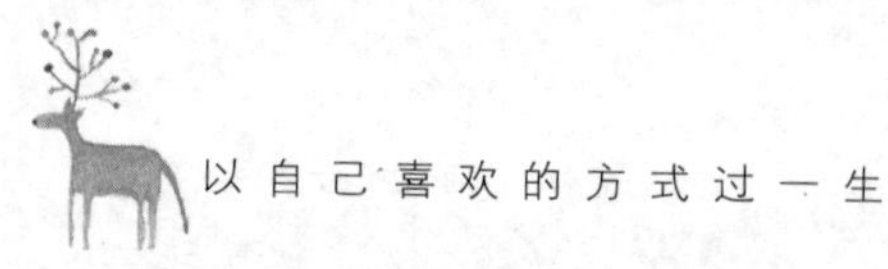

她每天去大学、图书馆自习，一边考注册金融分析师，一边考雅思、托福。那几年，几乎每天都是在昏天黑地的学习、考试和打工中度过。

每次回家，家里的亲戚都会问，在哪工作，赚多少钱。以前她据实回答，都会引来众人一片啧啧赞叹。如今她据实回答，亲戚们都摆出一副遗憾的表情，同情地说，要不要我给你介绍工作？

凌可每每脸上笑着，却在心里咬牙切齿，把这份屈辱尽数化作学习的动力。

终于通过考试，她开始疯狂投简历面试，最后百里挑一地选中了一家高大上的证券公司入职，为的就是在那些亲戚面前扬眉吐气。

创业，去美国读EMBA，已经是三年后的事了。

在这三年间，凌可换了五份工作。

所有人都觉得，这个女孩太能折腾了。她到底要什么？想做什么？

凌可说，我自己也不知道。

但是，没关系，还年轻呢。不趁着年轻时多折腾，多摸索，多试错，找到自己真正想要的东西想做的事，难道要等到老了再去后悔？

凌可不害怕从零开始，从头再来。

在和上司拍桌子大吵一架，辞掉第五份工作后，凌可终于醒悟自己不是老老实实上班拿薪水的那类人，于是着手开始创业。

找点子，找人脉，找伙伴，找资金，她再一次忙得不可开交。等到公司终于注册成功，凌可才第一次体会到幸福感和满足感。

此时已是她老公的后辈从报社辞职，担任公司CEO，全心全意为她的梦想和事业出力。凌可去美国读EMBA时，公司全都是老公在打理，业务蒸蒸日上，她十分放心。从美国回来后，她怀孕生子，在事业和家庭间转换自如。

今年，她说要去创业国度以色列进修，回来打算扩张公司。

人人都说她成功了，很厉害，我却一直记得她一无所有的那几年：

每天硬着头皮读英文原版书，遇上不认识的专业词汇，就上百度挨个查，得不到父母支持，被亲戚鄙视，被周围的人嘲笑，被人说“绝对不可能成功”……

没有人天生骄傲，天生就能绽放光彩。

未知的路上，忠于内心

叶然一直觉得，韩野身上有一种很特别的气质。

有一次周末，叶然约了他去咖啡馆，约好下午两点，她自己却迟到了，两点一刻才急匆匆下地铁。当她火急火燎地跑向地下通道，却看到韩野穿着大短裤，坐在地上，倚着墙悠闲地玩着手机游戏。

叶然停下来，远远看着，脑子里冒出的第一个念头是：地上难道不脏吗？看了半晌，她又觉得他那副席地而坐没正形的样子，简直像一个哪里都可以为家的流浪者。经过他的人都瞟他一眼，露出或惊讶或嫌弃的神情，他当然毫无察觉。

韩野一直以来就是一个不太在乎别人眼光的人。

大二的暑假，他一个人去南方旅行，辗转到了某个不知名的小城。在小城充满20世纪90年代风情的街道上闲逛了半日，他遇见了一个卖艺的中年男人。

那人40岁左右的年纪，留着蓬乱的胡子，浑身脏兮兮的，弹一把破旧的吉他，嘴上还叼着一把口琴。

韩野在旁边听了片刻，来了兴趣。上前聊了一会儿，中年男人将手上的吉他递了过来。就这样，韩野弹吉他，男人吹口琴，路人看到这一对奇妙组合，纷纷驻足。

短暂的合作很愉快，韩野的加入给中年男人增加了不少收入。收工时，男人从吉他盒里抓了一把纸币，要送给韩野。

韩野没接，哈哈一笑，转身走了。

还有一次，也是暑假，他去西藏。说好一星期左右就回来，结果一个月过去，叶然也没等到他的消息，手机也打不通。

不会是因为高原反应死在哪座山上了吧？叶然心惊肉跳地想。

过了几天，韩野终于回来了。问他干吗去了，他轻描淡写地说，也没干吗，只是交了个朋友，在他家住了一个月。

叶然没办法生他的气，她只是觉得害怕。

韩野脑子很聪明，轻而易举考上重点大学，在大学里专业成绩好得很，她不用为他的将来担忧。他也是个温柔的男友，对她相当迁就。但叶然知道他很讨厌束缚，也讨厌循规蹈矩的生活。她担心这样下去，未来的某一天，他真的会抛下一切，去到一个她不知道的地方追寻自由。

而叶然原本的打算，不过是大学毕业回到家，陪伴在父母身边，从此安心工作，安稳生活。

就像她的父母所希望的那样。她从未想过要违背。

终于，在那次迟到的约会中，叶然冲韩野发了火：“你有大把时间出去旅行，为什么没时间多陪陪我？！”

韩野一脸莫名其妙，“学习和旅行之外的时间，都用来陪你了，还不够吗？”

叶然感觉自己的怒火被兜头浇了一盆凉水，她叹了口气：“你喜欢我吗？”

“喜欢。”韩野一副理所当然的模样。

“有多喜欢？”

听到这个问题，韩野露出疑惑的表情，半晌才摇头，说了一句“不知道”。

那次约会，叶然借口不舒服，早早回去了。

她想，这就是答案了。

这个男生，可以轻而易举地成为任何地方的任何人，没错，他融入哪里，都不会显得突兀，而她想要的，不是任何地方的任何人，而是一个会留在她身边的男友。

他们在毕业之前分了手。

叶然将“分手”两个字说得斩钉截铁，所以韩野什么也没有说。

她至今记得韩野当时的神情，那是一种介于吃惊和震惊之间的表情。叶然觉得，这件事带给他的影响也就仅此而已了。惊讶过后，一切照旧。只不过是和女友分了手，这一点也不妨碍他继续四处游荡，生活自由自在。

后来叶然听他室友讲，韩野在那之后有一个星期的时间没有去上课。叶然也只是心如止水地想，是吗？

毕业后，叶然回家，爸妈早为她安排了工作。没过多久，她开始有条不紊地相亲，很快就和一个门当户对、长相性格都不错的男人结了婚。

双方父母分别为他们购置了房和车，婚后她继续工作，日子过得平稳安静。丈夫的职位和薪水稳步上升，在30岁之前，她按照计划怀孕生子。

有时，哄宝宝睡觉，长夜无聊，叶然也会想起大学时期的那段恋情，想起那个从来不带她一起旅行、从不在乎别人眼光的男生；但更多时候，她在客厅逗宝宝笑，丈夫在厨房叮叮当当做饭，她享受着眼前的一切，觉得自己做了正确的选择，她确信自己是幸福的。

32岁那年，丈夫晋升为主任，应酬一下子多了起来，她虽然孤单，倒也因为有儿子相伴，日子不至于难过。

接下来发生的事情，过于顺理成章，从丈夫的回家时间、手机、钱包、衣物，以及前言不搭后语的谎言和越来越恶劣的态度中，叶然知道他已经变了。

她去找父母商量，父母却怪她多想，甚至还劝她，丈夫升了职，工作压力大，要对他温柔点。

叶然听出了父母的言外之意，在这座小城里，父母也算是有头有脸的人，她不能把事情闹大，不能给他们丢脸，为此她必须睁一只眼闭一只眼，忍气吞声。

那天，叶然照常去幼儿园接儿子。开车回家的路上，在一个十字路口等红灯，她忽然记起韩野过马路双手插在裤兜里目不斜视的样子，而那时的自己总是挽着他，紧张地东张西望，有一次他看着她笑，说了一句："跟着我走，别怕。"

红灯变成绿灯，后面的车叭叭地按喇叭，她忽然泪如雨下。

当初为什么没有勇气跟着他走呢？那些未知的路，不属于世俗的路，没有经过验证和精心安排的路，为什么害怕踏足呢？

十年过去了，她活得这样安稳，然而苟且，父母甚至要求她继续苟且下去，牺牲尊严和幸福，敷衍着过这一场人生，只为了保住脸面。

当初是她自己选择了踏入世俗的安稳轨道，也就必须遵守这个轨道里的规则，正如当初是她选择了放开韩野的手，如今也就没有资格再后悔。

但是，叶然想，她也可以像韩野那样吧？她也可以成为另一个地方的另一个人，而不是仅仅将自己禁锢于这座城市，禁锢于女儿、妻子、母亲的身份吧？

经历漫长的拉锯战，和父母冷战数回，和丈夫吵架、谈判数次，叶然终于离了婚。单亲妈妈，她知道自己还有很长的路要走，或许还会很艰难，但她知道，她不会再后悔。

我们之中的大多数人或许也是这样，拼命追求看得见抓得着的安稳，追求别人眼中的光鲜和虚荣，失去幸福而不自知。但庆幸的是，走过许多弯路之后，我们终将意识到，他人认可的幸福和脸面，只是虚空，而从前被视为虚空的自由、爱情、诗意和远方，其实是生命里最真实的存在。

离婚后，叶然在朋友圈里发的第一条状态是：

愿你我看得见自己要走的路。

愿你我任何时候都有勇气忠于内心。